講談社文庫

十二歳

椰月美智子

講談社

目次

十二歳

1　ポートボール

六月第一日曜日。空はどんよりと灰色の厚い雲に覆《おお》われている。ときおり雲の切れ間から差しこむ光は、まるで黄色の蛍光《けいこう》ペンのように妙に明るくて、なんだか落ちつかない。

木成《きなり》小学校、子ども会ポートボール大会決勝、戸川《とがわ》地区対桜町《さくらまち》地区。

「いけー、そのままいけ、さえ、いけ！」

田中コーチがすぐそばで大きな声を出す。私は桜町のマークを左手でかわしながらドリブルを続けて、身体《からだ》がねじれたままのちょっと無理な体勢から、黄色の光に目を細めてシュートをした。

ボールは高くよろよろと弧《こ》を描き、桜町のはたきのジャンプを通りこし、台に乗っているみどりちゃんのまっすぐ伸びた大きな手にすっぽりと収まった。

「よし、やったぞ！」

歓声《かんせい》がわきあがり、審判《しんぱん》のピーッという試合終了の笛が鳴った。

「きゃー勝ったあ」

「やったあー、さえちゃん、やったね」

「わあ、優勝だ」

ピーッ。整列。審判がどよめきを制するように大きな声で言った。

「三十二対二十四で戸川の勝利です。気をつけーっ、礼！」

「ありがとうございました！」

精いっぱい声を張りあげて、前、右、左と三回おじぎをする。桜町のみんなに。

それから審判と副審判に。

「おめでとう。みんなよくがんばったな」

田中コーチがうれしそうに笑いながら、チーム全員の頭にひとりずつ手を置いていった。

「おめでとう、さえ。最後のシュートかっこよかったぞ」

そう言って田中コーチが、ごつい手で私の頭をこねくりまわした。やだもう、汗で髪の毛がびっしょりで、ただでさえみっともないのにくしゃくしゃにしないでよ、と思いつつ、私はなんだか誇らしげな気分になった。

最後のゴール。ボールはスローモーションみたいにゆっくりと見えた。みどりちゃんは、まるで初めからわかっていたみたいに、しっかりと大事そうに私がシュートしたボールを受け取ってくれた。

「さえちゃん、よかったね……」

みどりちゃんが目に涙をためて、それを見たら、なんだか私も涙が出てきそうになった。そうだ、勝ったんだ。優勝したんだ。

肩を寄せ合っている私たち二人を見て、戸川のみんなが集まってきた。みんなの目にも、うっすらと涙がにじんでいる。なんだか感動する。うれしい。そうだよ、みんなで一生懸命《いっしょうけんめい》練習したんだもん。どなられても雨が降ってもお腹がすいても、がんばって練習した。

ふと、横を見ると田中コーチがめがねの下に指を入れて、目をこすっている。やだ、もしかして泣いてるの。いつも怒ってばかりの田中コーチ。やだやだ、なんでコーチが泣くのよ。こっちまで伝染しちゃうじゃん。私はこらえきれなくて、瞳《ひとみ》にためていた涙を、ひとつの瞬《まば》きで頰《ほお》にしずかに落とした。

私はユニフォームの肩で涙を拭《ぬぐ》いながら、うそみたいと思った。うそみたいと思ったのは、優勝したことではなくて、うれしくて涙が出るということが。

そんなの今まで知らなかった。怒られたり悔《くや》しかったり痛かったり悲しかったりするときには涙が出るけど、うれしくて涙が出るなんてすごく不思議だ。しかも、うれしい涙には温度があるのだ、涙がつたってくるほっぺたがあたたかい。

負けてしまった桜町チームも、みんなで体育座りして、顔をふせて肩を震《ふる》わせている。悔しいんだろうな、と人ごとのように思う。

私はそのとき、悔しくて流れる桜町チームの涙と、うれしくて流れる戸川チームの涙は同じ味なのかなあ、とちょっとだけ変なことを考えた。でも、温度はきっと戸川の涙のほうが熱いにちがいない。

「木成小学校、子ども会ポートボール大会優勝、戸川地区」

「はい」

手をあげて返事をして、みどりちゃんと二人で前に出る。私は校長先生から表彰状を受け取り、みどりちゃんは教頭先生からトロフィーを受け取る。みんなの拍手がきこえた。私は急にはずかしくなって、そそくさと頭を下げて自分の場所へと戻っていった。

みどりちゃんと顔を突き合わせてくすくすと笑う。

「よかったね、優勝するなんて思ってなかったよ」

「うん、ほんとに。でもうれしい」

「ねえ、みどりちゃんはオール木成に入るんでしょう」

「うん、一応そのつもり」

オール木成というのは、木成小学校のポートボールチームのことだ。木成小の代表選手として、秋に行われる小田原市の小学生ポートボール大会に出場する。去年、木成小はたしか三位だった。二十五校のトーナメント戦で行われる。

「さえちゃんも入ろうよ、ね、いっしょにやろう」

「うーん、みどりちゃんが入るならいいけど……」

木成学区は五町内に分かれていて、それぞれの地区から数名、オール木成に選ばれている。うちの戸川地区からは、キャプテンの私と副キャプテンのみどりちゃんがオール木成に選ばれていた。オール木成には五年生から入っていいことになっていて、うまい子たちはもうほとんどが去年から入っている。六年生になってから入るなんてめずらしいのだ。

でも、私はともかく、みどりちゃんは絶対にオール木成に必要だと思う。背が高くてジャンプ力もあるから、どんなボールだって絶対に取る。みどりちゃんがいれば、怖《こわ》いものなしだ。

私たち二人のことは田中コーチが推薦《すいせん》してくれたらしい。田中コーチは、学校の先生ではなくて、同じ町内ののこぎり屋のおじさんだ。二学年下にふたごの男の子がいる。スポーツ大好きで、わざわざ戸川のコーチを引き受けてくれている。男子のソフトボールのコーチまでやっているらしい。

日曜日までビシバシとしごいてくれて、そりゃありがたいけど、なんだかすごいと思う。うちのお父さんなんて、頼まれても絶対コーチなんてやらない。日曜日は朝からごろごろと、将棋《しょうぎ》や競馬のテレビを観《み》ているだけだ。

もしかしたらコーチってお給料出るのかな、と私はひそかに思った。

「おはよう、さえちゃん。昨日はおめでとう」

クラスでいちばん仲のいいカナちゃんと、げた箱で会った。

「おはよう、カナちゃん。カナちゃんのところは何位だったっけ？」

「うちはドンケツだよー。みんな、突き指しちゃってんの」

そう言ってカナちゃんは、包帯が巻いてある左の中指をつき出した。

「うわ、痛そう」

「平気平気」

「今日、家庭科あるじゃん、きんちゃく作り。だいじょうぶなの？」

「うん、なんとかなるよ」

カナちゃんはそう言って左手をヒラヒラさせてみせた。いいなあ、と私は思う。包帯って、なんだかかっこいい。包帯をすると、みんなから一目置かれているような感じがする。

私も先月突き指をして、ものすごく痛くてはれて、田中コーチが湿布《しっぷ》をしてくれたけど、残念ながら包帯ではなく紙テープで簡単にとめてくれただけだった。もちろん、湿布とテープっていうのもなかなかいい。がんばってます、という感じがするから。

でもやっぱり、包帯のほうが断然かっこいい。うちに帰ったあと、お母さんに「包帯して」と頼んだけど、

「そんなふうに大げさにしたら治らないわよ」

と、あっさり言われ、結局おふろ上がりに、冷たい湿布を指に巻きつけられただけだった。うちの薬箱には、紙テープすらなかったのだ。だから次の日の朝、薬指サイズにちょうどよく切られた長方形の湿布は、私の額の生《は》え際《ぎわ》に、生ぬるくなって変なふうに丸まったままへばりついていたのだった。

お母さんは、私のしたいことがわからない。私はバンソウコウだって大好きなのに、ひと箱に二、三枚しか入ってない特別の大判サイズは使わせてくれないし。ケチなんだ、お母さんは。

前、お姉ちゃんの透明のマニキュアをこっそり塗らせてもらったことがあるけど、あのときの気持ちと包帯をしているときの気持ちって、ちょっと似ていると思う。マニキュアを塗ったときは、角度が変わるたびに光を放つ自分の爪がすごくすてきで、わざと爪がキラキラ見えるように何度も指をくねらせて、自分で見とれて

いた。

　包帯もそうだ。包帯をしている自分の手はまるで大人になったようで、ついむだな動きをしてみんなに見せびらかしてしまうのだ。

　でも、カナちゃんはそうじゃない。ぜんぜん自慢《じまん》っぽくなくて、さりげない、というかいつもとまったく変わらない。カナちゃんの細くて長い指には、真っ白な包帯がとてもよく似合っていた。

　今日は月曜日で、体育と家庭科がある。好きな科目がふたつもあるとうれしくなる。三時間目が体育で、五時間目が家庭科だ。

「ほら、チャイム鳴ったぞ。席につけ」

　担任の向山《むこうやま》先生が、どしどしと教室に入ってきた。てらてらした顔に、べとべとのバーコード頭。うちのお父さんと同じくらいの年だと思うけど、お父さんのほうがまだマシな気がする。わざとらしいせき払いを二回してから、出席簿を読みはじめる。

　別にきらいじゃないけど、女の子はちょっといやがっている。だってムコーヤマはいやらしいのだ。しょっちゅう女の子の肩をさわったり、髪の毛をなでたりする。五年生のときからずっとそうだ。

「上田早苗《うえださなえ》」

「はい」

「榎本《えのもと》はるか」

「はい」

「大野靖子《おおのやすこ》」

「はい」

「木下《きのした》たかこ」

「……………」

「木下、木下たかこ」

ムコーヤマが出席簿から顔を上げる。

「木下、いないのか。いないんだな」

「あっ、はい」

木下さんが慌《あわ》てて返事をする。

「返事したってことは、いないってことだな。欠席か」

みんながくすくす笑っている。

「すみません、います」

木下さんが、顔を赤くしてはずかしそうに言った。

「ぼけっとするなよ」

ムコーヤマはそう言って、続きの出席簿を読んでいった。

私はとても不思議に思う。名前を呼ばれているのがわからないくらい、ぼーっとするなんて考えられない。

木下さんは、よくこういうことがある。私だって、しょっちゅうぼーっとしているけど、呼ばれているのに気がつかなかったことなんて一度もない。テレビに好きな歌手が出ているときだって、おもしろいマンガを読んでいるときだって、それはとても真剣に集中して見ているけど、途中でお母さんやお姉ちゃんに「さえ」って呼ばれたらすぐに気づく。そんなの当たり前だ。

「鈴木さえ」

「はい」

ほら、どんなに考え中だって絶対わかるはずだ。木下さんは、なんで気がつかないんだろう。だけどうちのお姉ちゃんも、マンガや本を読んでいるときは、話しかけてもぜんぜん気がつかない。肩をたたくまで本当に気がつかないのだ。信じられない。

木下さんは絵を描《か》くのが得意で、お願いするとサラサラっとだれかの似顔絵を描いてくれる。こないだ描いてもらったムコーヤマの似顔絵。すごくそっくりで、みんなで大笑いした。今度、うちで飼っている猫のアロエの絵を描いてもらおう。写真がたくさんあるから、それを持ってくればいい。

私は斜め前にいるカナちゃんをなんとなく眺《なが》める。まっすぐの茶色がかった長い髪。首の左側にある、ふたつ並んだほくろ。左手の白い包帯。

「今日の体育は、百メートル走。タイム測るからしっかり走れ」

えーっ、というみんなの声がきこえる。今日は、本当はドッジボールの予定だったのだけど、コートを三年生が占領《せんりょう》していて場所がなかったのだ。来週は三、四年生のドッジボール大会があるから、練習が忙しいのかもしれない。

「じゃあ、出席番号順でいくぞ」

走るのは大きらい。五十メートルとか百メートルくらいならまだいいけど、それ以上になるともう、どうやって走ったらいいのかわからない。全力で走ると続かないし、ゆっくり走るとまじめにビリになってしまう。

春にあった一キロマラソン大会のときは、学年の女子でも後ろのほうだった。走り終わっても息切れしていない私は、ムコーヤマにひどく怒られた。でも怒られたってしかたない。本当にわからなかったのだ。どの程度の全力で、どんなふうに走ったらいいのかが。

「はい、次。鈴木さえと瀬川加奈子《せがわかなこ》」

出席番号順だと、いつもカナちゃんといっしょになる。

「はい、位置について。よーい……」

パンッと、先生が手をたたいた。

スタート。一生懸命走る。足が空まわりする感じ。

「おっ、二人とも同タイム。十五秒二」

ふーっ、疲れた。

「さえちゃん、同じだってさ。おもしろいね」

「うん、ほんと」

カナちゃんに追いつこうと思って一生懸命走った。よかった、同じで。

「ねえ、さえちゃんもオール木成に入るんでしょ」

「う……ん」

「いっしょにやろうよ。たのしいよ」

「たのしい？　ほんと？」

「うん、たのしいよ」

カナちゃんは五年生のときからオール木成に入っている。運動神経抜群《ばつぐん》なのだ。カナちゃんは高跳《たかと》びと球技が得意で、私は水泳と器械体操が得意。家庭科は二人とも大好き。

カナちゃんとみどりちゃんがいれば、本当にたのしいかもしれない。

家庭科の時間は、先週からの続きで「きんちゃく袋作り」だ。ちょうど、体操着が入るくらいの大きさで、私はオレンジのチェック柄、カナちゃんは色ちがいのブルーのチェック。いっしょに生地屋《きじや》さんに買いに行った。

「突き指、だいじょうぶ？」

「もう、やりにくいったらありゃしない」

カナちゃんは、そう言って包帯をほどきはじめた。

「やだ、なんで取っちゃうの」

「だって、これじゃ縫《ぬ》えないよ」

「おーい、ちょっと見てみろよ。瀬川が包帯取ってるぜ」

カナちゃんの指を目ざとく見つけた西田が大きな声で叫んだ。わらわらと、男子がまわりに集まってくる。

「何よ、あんたたち。見せもんじゃないわよ」

カナちゃんが西田たちをにらんで言う。私も、あっち行きなよと言ってはみたけれど、それどころではない。目が離せない。なんだかどきどきする。いろんなことを考えてしまう。すごくはれてたらどうしようとか、反対にぜんぜんたいしたことなかったら、カナちゃんの立場がないじゃん、とか……。

西田がにやけた顔でカナちゃんを見ている。なんとなくいやらしい。でもカナちゃんは、そんなのおかまいなしにさっさとほどき終わり、へなへなになった包帯をくるくると器用に巻きはじめた。

「なーんだ、そんなもんかあ」

「期待したのによ」

「へーえ」

男子たちは口々に適当なことを言って、席に戻っていった。

「痛そうだね」

カナちゃんの左の中指は思ったほどひどくなかったし、思ったほど軽くもなかった。白くて細い中指は、節のところがふくらんで紫色になっている。

「曲げようとすると痛いね」

「ねえ、あとで包帯巻かせてよ」

「もう、面倒だからこのままで帰るよ。包帯はちょっと大げさだったし」

「……ふうん」

カナちゃんは包帯したくないのだろうか。かっこよかったのに。それとも、みんなに中身を見られちゃったから、もういやなのかな。

「今日できんちゃく作りは最後だから、できた人から提出して」

ムコーヤマが言った。私もカナちゃんもミシンをかけ終わって、ちょうどできあがったところだ。すごくかわいい。早く使いたい。

「おまえたち、できあがったらほかの人のも見てやってくれ」

男子たちはちっとも仕上がっていないらしく、ムコーヤマはそう言って、私とカナちゃんの肩にべったりと手を置いた。私たちは、とりあえず、

「はーい」

と返事をしたあと、目配せをして、イーっていう顔でお互いに舌を出した。

「タメオ。ぜんぜん進んでないじゃん」

カナちゃんが、布地を手に呆然《ぼうぜん》としているタメオに声をかけて、紺色無地の布っぱしをすばやく奪い取った。タメオは一瞬「あっ」という顔をしたけど、あとはそのままカナちゃんのなすがままに、言われたとおりのことを泣き出しそうな顔でやっていた。

井上タメオは六年三組でいちばん背が低い。たぶん体重もいちばん軽いはずだ。うちの近所に住んでいて、うちのお母さんとタメオのお母さんは仲がいい。

生まれてすぐに保育器に入っていたというタメオ。小さいときに心臓の手術を二回したタメオ。去年初めて同じクラスになってからというもの、お母さんは週に一度は「タメオくんと仲よくしてあげなさい」と言う。

まったく。仲よくなんてできるわけがない。幼稚園生じゃあるまいし。それに、もし今私が仲よくしたってわざとらしいだけだ。タメオにやさしくするなんて、みえみえすぎて、とてもじゃないけどできやしない。むずかしい言葉でいうと、偽善《ぎぜん》的《てき》だ。

「鈴木、山下の見てやってくれ」

ムコーヤマがそう言って、山下のほうをあごでしゃくった。私はこっそりため息をつく。最悪だ。山下の白い布地はしわくちゃで、しかも黄土色の刺《し》しゅう糸でジグザグに縫ってある。

「ねえ、なんで普通の白糸で縫わないの？　変だよ」

「そうかい。僕はかっこいいと思うんだけどね」

山下はなぜか誇らしげにそう言って、フンと鼻を鳴らした。

「いいから。この糸、もう一回ほどいてくれる？」

「ああ、別にかまわないけどね」

そう言って、山下はブチブチと糸を切っていった。山下は超《ちょう》かっこつけの超かっこわるだ。勉強はぜんぜんできないし、もちろんスポーツもできない。いつも変な色の半ズボンをはいていて、必ずとんがった襟《えり》のついたシャツを着ている。なんでもすぐに自慢して、こないだなんてラスベガスに家族旅行したときの写真まで頼まれもしないのに持ってきて「ベガス、ベガス」と連呼していた。

女子からは気持ち悪がられ、男子からはばかにされている。でも、いじめられてはいないと思う。からかわれているだけなのだ。

「悪いねえ、鈴木」

私は、くしゃくしゃの布切れを山下から乱暴に取りあげて、しつけ糸を猛スピードで縫った。

「はい、あとはこの上をまっすぐミシンで縫って」

「へえ、意外とうまいんだね、鈴木は」

「………」

「いいお嫁さんになるさ」

「……早くやって」

山下は片目をつぶり（ウインクのつもりだろうか）、サンキューと言って、ミシンに向かった。


アロエは四年生のとき、うちに迷いこんできた。お母さんとおばあちゃんは、猫を飼うことに反対だったけど、お父さんが率先《そっせん》して牛乳をあげたりちくわをちぎったりしているうちに何も言わなくなって、結局そのままうちにいついてしまった。私はこのとき、お父さんのことをちょっとばかり尊敬した。

そのときのアロエはまだとってもちいちゃくて目ばかりが目立って、本当にマンガみたいでかわいかった。人なつっこくて、私の足元に額をぐいぐい押しつけて、まとわりついてはじゃれていたのに、今じゃまったくふてぶてしい。

「アロエー、アロエー」

屋根の上で、お腹を丸出しにしているアロエを見つけて、私は大声で呼んだ。アロエは、み、とひとことだけいいかげんに鳴いて、屋根の上からやれやれというふうに降りてきた。

「おうちの中、入ろ」

そう言って、私が両手でアロエの額とあごの下をいっしょになでると、アロエはすぐにうっとりして、ぐるぐるとのどを鳴らした。そのまま ぐるぐる言ってるアロエをそっと持ちあげて、私は家の中に入った。

「ただいまあ」

「あー、さえー?」

お母さんが奥の和室から、間延びした声を出す。

「おかえりー、おやつあるわよー」

「おやつ、なにいー?」

私も負けずに大きな声できく。

「いたっ」

そのときアロエが急に腕の中から飛び出した。後ろ足の爪を大げさに出して、思いっきり腕の中でけったから、私の右腕の内側はスーッとみみずばれみたく赤くなって、うっすらと血がにじんだ。

「モンブランが冷蔵庫に入ってるからー」

お母さんが続けて、大きな声で答える。

わかった、とちいさく返事をしたあとに、ちぇっと舌打ちして、私は右腕についた引っかき傷をなめた。血はいつだって奇妙な味がする。舌のどこか一部分が「キン」とするのだ。これが鉄の味だということがわかったのはつい最近のことで、鉄棒をしていたときに、誤って口をつけてしまって発見した。そういえば、のぼり棒もこの味がしてたっけ。

小さいころ、この「キン」というのが好きで、転んで膝《ひざ》にけがしたときなんて、ずっとなめていた。不思議なことに、血がとまっても「キン」は続くのだ。

二年生のときの春の玄関の場面を覚えている。私は玄関に座り左足を投げ出して、前日に転んですりむいた右膝を立てて、必死にそこを口で吸っていた。吸うと三回に一回くらいの割合で「キン」がやってきた。私はこの「キン」の正体がどうしても知りたくて、さらに懸命《けんめい》に吸い続けて、玄関を掃《は》いているお母さんにたずねてみた。

「膝小僧《ひざこぞう》が、なんか変な味がするときがあるでしょ。地面みたいな、砂場みたいな」

「地面？　何それ、砂がくっついてただけでしょ」

「ちがう。砂じゃなくて、なめてるとたまに来るやつあるでしょ。なんか、歯と同じ種類の……銀歯っていうか……けがしたあとに変な味するの」

「ふうん」

私はそれからもしばらく説明したけど、お母さんにはちっともわからなかったようだった。でも今の私ならわかる。あのときのお母さんより、十二歳の私のほうがずっと子どもなんだけど、今の私にはわかる。だれか、たとえば低学年の子とかが私に質問してくれたら、すぐに答えてあげられるのに、と思う。

やっぱり、私、大人になったら学校の先生になる。そうしたら、私の発見をみんなにいっぱい教えてあげられる。うん、絶対そうしよう。冷蔵庫を開けて、モンブランを取り出しながらそう思った。

「ちょっとやだ。さえー、アロエ連れてってー」

奥のおばあちゃんの部屋から、お母さんの大きな声が届く。アロエのやつ、向こうに行ったんだ。今、お母さんはおばあちゃんのトイレの最中だ。家に入ったときの匂いでわかる。私は急いでおばあちゃんの部屋に行って、十五センチ開いているふすまから中をのぞいてアロエを呼んだ。

「アロエ、アロエー、こっち来て。アロエ」

「ちょっと早く連れてって」

お母さんが、おばあちゃんをこっち側にくるりとひっくりかえして慌《あわ》ただしく言う。アロエは、ベッドの下に入ったらしく姿が見えない。私は鼻での呼吸を止めて、しぶしぶとおばあちゃんの部屋の中に入った。

「アロエ」

と、早口で呼んだら、おばあちゃんがこっちを見た。私はつい目をふせてしまう。

「あー、あー、えーっとえーと……」

「さえだよ」

「さえ？」

「そう、さえ」

「おお、そうだったなあ、さえはいい子だねえ」

そう言って、おばあちゃんは目を細めた。私はとたんに後悔する。鼻腔《びこう》を広げて思いっきりおばあちゃんの匂いを吸いこんで、ぜんぜん平気を装《よそお》う。

ひざまずいてベッドの下をのぞき、アロエの前足を引っぱった。アロエはふんばりながらも、どうでもいいようにズルズルと出てきた。

「アロエ、だめじゃん」

「みゃ」

おばあちゃんは、アロエを不思議そうに眺めてから、ゆっくりと目を閉じた。

おばあちゃんは去年の春に、階段を一段踏《ふ》み外《はず》して転んだ拍子《ひょうし》に、腕と足の骨をいくつか折ってしまい三ヵ月入院した。

それまではとても元気で、ゲートボールやショッピングにしょっちゅう出かけていて、やさしくて強くて、なんでも知っているおばあちゃんだったのに、退院してからは、まったくの別人になってしまった。

去年のあの日、おばあちゃんがけがをした日のことを思い出すと、今でもちょっとぞっとしてしまう。私は知っていたのだ、おばあちゃんがけがをするのを。

おばあちゃんが階段から落ちる前日の夜、私は夢を見た。

うちの庭にある大きな松の木に脚立《きゃたつ》を立てかけて、おばあちゃんは手を伸ばして何かを取ろうとしていた。脚立の下ではアロエの前に飼っていた、今はいない猫のタニシがまとわりつくようにぐるぐるとまわっている。夢の中では、タニシがいることすら不思議には思わなかった。

私はちょっと離れたところで、脚立のてっぺんにいるおばあちゃんを眺めていた。と、次の瞬間、バサッとおばあちゃんが脚立から落っこちたのだ。本当にバサッと。ベランダに干してある布団が落ちるみたいに。

おばあちゃんは身体を半分に折り曲げて、うーんうーん、とうなっている。

「おばあちゃん！」

私は急いでかけ寄った。タニシも不安そうに見つめている……。

そこで目が覚めた。

汗びっしょりで、パジャマの背中部分がねっとりと身体にへばりついていた。ただの夢じゃなかった。ものすごく怖かった。小さく折りたたまれたおばあちゃんのうめき声と、車にひかれて死んだはずのタニシ。

起きたその瞬間でさえ、恐ろしさが身体じゅうにしみこんでいて、胸の奥がひんやりとして、その冷たさは耳元までせりあがってきていた。私はがくがくする膝を慎重《しんちょう》に動かして、階段を下りた。

「おばあちゃんが上から落っこちた夢見た……」

朝食のしたくをしていたお母さんは、一瞬けげんそうな顔をしたけど「そう」とひとこと言っただけだった。庭を見ると、おばあちゃんはいつもどおりに植木に水をやっていた。

だけどその日、私が学校から帰ってきたときには、すでにおばあちゃんの姿はうちにはなかった。

私はモンブランの黄色い栗を口の中にふくみ、ごろんごろんと左右に動かした。あれは、たぶん予知夢だった。超能力なんてちょっとかっこいいけど、あんな怖い思いをするならもう二度と予知夢なんて見たくない。そう思いながら私は、甘さがうすれてくずれてきた栗を大げさにかんで、牛乳で流しこんだ。

オール木成に入るかどうか迷っていたのは、最近頻繁《ひんぱん》におこる頭痛のことが大きな原因のひとつだ。目の後ろ部分が、まるで心臓になってしまったみたいにドクドクと波打つのだ。たいてい痛くなるのは左側だけど、ごくたまに右側のときもある。これが始まると、まったくどうにもならない。動くたんびに目の裏にある心臓が、これでもかこれでもかというふうに脈打ち、私を打ちのめす。

「さえちゃん、オール木成どうする？」

休み時間にみどりちゃんが三組に顔を出した。みどりちゃんは一組だ。

「今日、顔合わせミーティングだっけ」

「うん」

「どうしようかな……」

「ねえ、やってみようよ、さえちゃん。ねっ」

みどりちゃんはそう言って、私の両手首をきゅっと握《にぎ》った。

私はこのときのみどりちゃんのまんまる笑顔で、オール木成に入ることを決めたのだった。

2
頭痛

ポートボールというのは、バスケットボールによく似たスポーツで、一ゲーム五分間の三ゲーム制でひとチーム七人。そのうちのひとりがゴールマンでひとりがガードマン。

バスケットとちがうのは、ゴールリングにシュートをするのではなく、台に乗っているゴールマンにシュートをするところだ。ゴールマンの前には、相手チームのガードマンが立っていてシュートボールを阻止《そし》する。私たちは、ゴールマンのことを「台」、ガードマンのことを「はたき」と呼んでいる。

ミーティングから一週間、放課後毎日、授業が五時間のときも六時間のときも休みなしで練習はあった。そして今日はなんと日曜日だ。学校が休みの日まで練習があるのだ。でも、これも当然、絶対、常識らしい。

「よし、十五分休憩」

遠藤《えんどう》が額の汗を手の甲で拭いながら、かっこつけて言った。遠藤は三年生のクラスを持っている先生で、背が高くひょろりとしている。一応、遠藤がオール木成の顧問兼《こもんけん》コーチをやっている。

あだ名は「やさおとこ」。この大人が使うみたいなむずかしいあだ名をつけたのは、カナちゃんだ。「やさおとこ」なんて、初めてきいた言葉だった。今では略して「やさお」になっている。

遠藤が本当のところの「やさおとこ」だかどうだかはわからない（ちゃんとした意味はカナちゃんも知らない）けれど、見かけはなんとなくその名のイメージどおりだった。めりはりのない表情、はっきりしないものの言い方、常にぼんやりした顔のくせにその日の気分によって百八十度変わる態度。

私はオール木成に入って初めて遠藤を知ったけど、まったくおそろしいくらい感じの悪い大人だった。「やさお」と言ったって、決してやさしくはないのだ。

「あっちいー」

カナちゃんが、ユニフォームの裾をばたばたさせながらこっちに歩いてきた。白くてうすっぺらなお腹がちらちらと見える。今日はポニーテールをしていて、薄茶色の後《おく》れ毛《げ》が、首にまとわりついている。

「うん、汗でベトベト」

「コーラの一気飲みしてえー」

私はカナちゃんの口の悪さについ笑ってしまう。カナちゃんちは、かっこいい中学生のお兄ちゃんが二人もいるせいか、言葉遣いがかなり悪い。でも、カナちゃんのさっぱりした性格や男の子みたいな行動に、それはとても合っていて、きいているこっちまでなんだかすがすがしくなってしまうほどなのだ。

「やさお、今日機嫌《きげん》よくない？」

「うん。なんかニコニコしてるよね」

「きもーい」

カナちゃんはそう言って、後ろ姿のやさおに向かってけりを入れるふりをした。みどりちゃんは、そんなカナちゃんをとまどった様子で眺めていた。

「よお、ちゃんとやってるかー」

体育館の扉からひょいと顔をのぞかせて、直人《なおと》先生が大きな声を出した。

私はたちまち心拍数が速くなり、少し息苦しくなって、胸のあたりにある器官が（この部分はなんという名前がついているのだろう。心というのはどこにあるのだろう）くっとしぼんでしまう。直人先生が入り口で外履《そとば》きから体育館履きにはきかえている姿をちらっと確認してから、私は慌てて目をそらす。

直人先生はオール木成の専任ではないけど、ちょくちょくこうして練習に参加して、いろいろと指導してくれる。やさおなんかより、直人先生のほうが数倍教え方も上手だし、それに大人としても数段上をいってると思う。絶対に自分の気分次第で生徒を怒ったりしない。

直人先生は私の四年生のときの担任で、今はみどりちゃんのいる一組の担任だ。四年生のときに、大学出たての新人教師として来たばかりだから、まだぜんぜん若い。四月生まれだから今は二十五歳のはずだ。

「どうだ、練習は。少しは慣れたか」

直人先生は、体育館履きをキュッキュッと鳴らしながら、私たち三人のところに来てそう言った。カナちゃんは一瞬めんどくさいような顔をしてから、ひとこと

「こんにちは」とだけ言ってそのまま立ちあがり、水を飲みに行ってしまった。

直人先生が私たちの前に腰をおろす。私は直人先生の運動靴のつま先部分のゴムが、はがれかけているのを発見して、それをじっと見つめていた。

「もう大沼《おおぬま》は台決定だろう」

みどりちゃんが、こくんとうなずく。そう、みどりちゃんはオール木成に入ってまだ一週間だけど、ほぼ確実に台に決まっていた。みどりちゃん以上の台なんて、そもそも木成小学校にはいないのだ。身体が大きくて安定しているからめったなことでは台から落ちないし、それに身体がやわらかいから、少しくらい下手なシュートでも身体をくねらせて簡単に取ってくれる。戸川地区が優勝したのだってみどりちゃんがいたからだ。私のへなちょこな低いシュートも、はたきをうまくかわして取ってくれたし、とんでもないホームランシュートだって、高くジャンプして取ってくれた。

私は自分が最初に、みどりちゃんの台としての才能を見抜いていたような気がして、なんだか得意げな気分になった。

「大沼と鈴木はいいコンビだもんな」

直人先生が言い、私たちは顔を見合わせて笑った。

「鈴木のこと、田中コーチがよろしくって言ってたぞ」

「え」

私はきょとんと直人先生を見る。さっきまであんなに鼓動《こどう》が速かったのに、なんでこうして話しはじめると普通に戻るのだろう、こんなに近くにいるのに。でももちろん、そのほうが都合がいいけど。

「鈴木は、もっともっと伸びるからってさ」

ふうん。私はあやふやに返事をしつつも、なんだかとてもうれしい気分になった。うれしい気分で、自分の体育館履きのつま先のゴムをさわってみた。みどりちゃんもうれしそうに笑っていた。

木下さんは、絵がとても上手だ。

今日の図工は、カセットテープできいた物語を頭の中に思い浮かべて、自分で想像して絵にするというものだ。

話の内容は、簡単に言うと、ふくろうが夜の森で鳴いている。それだけ。本当に事実として語られているのは「ふくろうが夜の森で鳴いている」ということだけなのだ。あきれるくらい、まったく。

図工は大好きな科目のひとつで（二時間続けてというのが、またいい）、絵を描くのも、ものを作るのもとてもたのしい。私は銀色の木の枝にとまって静かに鳴いているふくろうを、画用紙いっぱいに大きく描いた。藍色《あいいろ》の夜空に黄色の星をちりばめて。

私の絵はいつも単純で大胆だ。遠くからでもさえの絵はすぐわかる、と授業参観に来たお母さんが言ってたっけ。

休み時間に、木下さんの絵を見せてもらうことにした。

「すごい……」

私は本当に一瞬止まってしまった。

いくつものオレンジ色のグラデーションの空。黒い木は枝が細かくリアルに分かれていて、ふくろうはその細い枝に足爪《あしづめ》をかけ、羽根を広げ、今まさに飛び立とうとしている。そしてその目の先には、もう一羽のふくろうが悠然《ゆうぜん》と空を飛んでいる。

この色使い、この構成、一枚の画用紙の中にあるこの物語感。

「すごいすごい。木下さん、すごいよ。こんなうまいの見たことない、すごいすごい」

私は大興奮して大きな声ではしゃいだ。その声をきいた何人かが集まってきて、木下さんの机を囲んだ。みんなの息を飲む音がきこえてきそうだ。

でも女の子のことをほめるということが、世の中でいちばんはずかしいことだと思っている男子たちは、心の中で絶対に「すげー」と思っているにちがいなくても、決して声には出さないで「へえ」だの「ふうん」だのと言って、そそくさと逃げてしまった。

女の子たちも「うまいね。木下さんじょうずー」と言いながらも、一度自分の目で確認したら、もう満足といった感じで、すぐにどこかに散っていってしまった。

私だけがいつまでもそこを離れられずにいた。だって、すごい。こんなすばらしい絵が目の前にあるのに見ないなんて損だ。しかもそれを描いたのが、私と同じ年の女の子だなんて！　まったく信じられない。

「ほんとにすごいよー、すごいすごい感動だよ」

「ありがとう」

木下さんは、照れながらもうれしそうにお礼を言った。

「ねえ、木下さんは、いつからこんなに絵がうまくなったの？」

「え」

木下さんは、一瞬意味がわからないというような顔をしたけど、そのあとすぐににっこりと白い歯を見せて、また、

「ありがとう」

と言った。

私は「ありがとう」じゃなくて、質問の答えをちゃんとききたかったんだけど、そんなことこれ以上きいても木下さんが困るだけなのがわかったから、結局そのままにしてしまった。

でも私は本当に真剣に知りたかったのだ。いったい、木下さんはいつからこんなに絵が上手になったのだろう。どの時点で、こんなに遠くなってしまったんだろう。

私は指を折って数えてみる。一年生、二年生……。きっとそのころはまだ、そん

なにちがわないはずだ。私も絵を描くのはとても好きだったし（今でも好き）、クラスの代表に選ばれたことも何度かある。三年生のときの虫歯予防のポスターでは、県のコンクールまでいって入賞した。ということは、四年生……。ううん、木下さんとは三、四年もクラスがいっしょだったけど、ずばぬけて絵がうまいという印象はあまりない。ただ、木下さんはマンガが大好きで、たくさんのコミックを持っていて（よく借りている）、マンガの主人公の似顔絵なんかは昔からものすごくうまかった。

でも……だからって、いつからこんなふうにみんなを驚かせるほどに、とびきりになったのだろう。どの時点で、みんなより高いジャンプをしたのだろう。私と木下さんとの間にある、あまりにも大きな差はどこで生じたんだろう。

ふと私は不安になる。まるで、夏休み最後の夜に自由研究の宿題を思い出したような、なんだか取りかえしのつかない大きな失敗をしてしまったような、そんな気分だった。

今週の給食当番は五班で、五班には「すいちゃん」がいる。水津《すいつ》弥生《やよい》ちゃん。男子は「すいっちょ」と呼んでいる。すいちゃんちはなんと六人兄弟で、すいちゃんはいちばん上だ。すいちゃんのうちにはいろいろな噂《うわさ》があって、そしてそれは決してよい噂ではなくて、去年の運動会のときなんて、おばさん連中が輪になって、すいちゃんちのお母さんのことを大きな声でべらべらとしゃべっていた。悪い大人だと思った。

だけど私は、今日のすいちゃんの格好を見て、あーあと思ってしまった。元は白だと思われる黄ばんだTシャツ、丸首の部分はすっかりすり切れてぎざぎざになっている。お腹のあたりは、泥のついた手をそのままちいさな弟や妹たちが拭《ふ》きました、という具合に茶色の手形がくっきりとついている。スカートは明らかに、サイズが合っていないと思われる（たぶんお母さんのだと思う）まぶしいくらいに真っ黄色のロングスカート。

まあ、たいていはこんな服が多いけれど、たまにまさに新品というような、まるでバイオリンの発表会に着るようなかわいいワンピースや、すてきなブラウスを着てくることもある（ポケットにバラの刺しゅうのついた薄ピンクのブラウスを着てきたときに、襟についていた値札を取ってあげたこともある）。

それにしても今日の格好はあまりよろしくない。給食当番だというのに、これじゃあまた男子がからかうに決まっている。すいちゃんの長い髪は、からまったまま無造作に結ばれていて、ところどころ痛そうに引きつっている。髪だって、すごくきっちりと編みこんであったり、かわいいピンでおしゃれにとめてあったりするときが、ごくたまにだけどあるのに、それが今日でないことを私はうらめしく思った。

案の定、すいちゃんが配っている八宝菜のところだけ並ぶ列が乱れて、男子だけが妙に間をとってふくらんでいる。ムコーヤマが「ちゃんと並べ」と注意しても、一瞬直るだけでなんの効果もない。

男子だけじゃない。私は知っている。リエと美香《みか》がすいちゃんをいじめているのを。でもそんなのほかのだれも知らないかもしれない。リエたちは本当にさりげないから。さりげなく無視して、さりげなくひどいことを言って、さりげなく笑っている。

だけど困ったことに、私はリエたちとは特に仲がいいわけじゃないけど、別にきらいなわけでもないのだ。

「あたし、いらないから入れないで」

「あたしも」

そう言ったリエと美香を、おろおろと見つめるすいちゃんを見て、私は耳の奥がきゅうっとしぼんでいくのを感じた。

「すいちゃん、私の大盛りにして」

私の声はあまりにもそっけなく響《ひび》きすぎて、すいちゃんは一瞬びくっとしてから、そそくさと大盛りによそってくれた。ごめん、すいちゃん。と思いながらも、それでも、にこやかに言わなかった自分を少しばかり誇りに思った。

「鈴木、大盛りかよ！　すげー、食いしんぼう」

後ろに並んでいた西田が、大声で言った。

「うるさい。いいじゃん、八宝菜好きなんだから」

そう返してじろっとにらんだ私に、西田は、

「おれも」

と笑って言って、すいちゃんに、

「大盛り！」

と叫んだ。すいちゃんはうれしそうに、二軒隣《けんとなり》の家に住む西田のプラスチックの皿に、たっぷりと八宝菜をよそった。

一学期の今、私は学級委員だ。だから学級会がある時間は、みんなをまとめなくてはならない。だけど私はなぜだか近ごろ、人前に出るのがとても苦手になってしまった。

学級委員はクラスに四人いて男子二人、女子二人。私のほかは、片山《かたやま》と江口《えぐち》と真《ま》由子《ゆこ》ちゃん。江口と真由子ちゃんに司会役をやってもらって、片山と私が書記になった。片山はみんなの意見を黒板に書いて、私は机に座って学級ノートに決まったことをまとめて書く。こんなめんどくさい仕事、本当はうんざりだけど、みんなの前ではきはきとしゃべるよりかは断然いい。

「七月に行われるクラス対抗の水泳大会ですが、種目別に選手を決めていきたいと思います。まずは二十五メートル自由型から。これは三人です。立候補する人いますか」

真由子ちゃんがてきぱきと進めていき、江口が指していく。

私は黒板に書かれた名前をノートに写しながら、五年のときはぜんぜん平気だったのになと思った。平気だったというのは、人前に出ることが。緊張してドキドキしたりなんかしなかった。ふだんどおりに、ううん、もっとそれ以上にうまく話せたはずだ。それなのに今は、国語の教科書読みが当たっただけで、ゆううつな気分になって手のひらに汗がにじんでしまう。

「鈴木さん！」

と、いきなり言われてビクッとしたら、カナちゃんが立ったままこっちを見て、ニヤニヤ笑っている。黒板を見ると、クラス対抗二百メートルリレーの選手に、私の名前が書かれていた。カナちゃんってば、と思いつつ別にいやな気はしなかった。泳ぐのには自信がある。

一年生から四年生までスイミングクラブに通っていた。泳ぐのはたのしい。新しい泳ぎを覚えるのは愉快だったし、飛びこみも高く飛ぶことができたときは爽快だった。

でも、ひととおりなんとなく形ができてしまうと、私はどうしていいのかわからない。それ以上のたのしいことを見つけられないのだ。

そりゃあ、試合に勝てればうれしかったけど、負けてもたいして悔しくなかった。だから、やっきになってタイムを伸ばそうとは思わなかったし、くたくたになるまでばかみたいに何本も泳がされる練習も好きじゃなかった。

私が好きなのは、ゆっくりと気持ちよくのびのびと泳ぐことだ。そんなふうにして落ちついて泳ぐといろんなものが見えてくる。

なかでも驚いたのは「水面の世界」だ。「水中の世界」じゃなくて「水面の世界」。今、私が生活している地上の世界と、魚たちが住んでいる水中の世界。そしてゆらゆらと水がゆらめく水面の世界。

上の空で、水面の世界に思いをはせていたら、いつのまにか学級ノートにわけのわからない模様のようないたずら書きをしていて、私は急いで消しゴムで消したのだった。

オール木成に入ったということで、私はピアノをやめることにした。毎週火曜日の四時からレッスンだったけど、オール木成の練習は毎日六時ごろまであるから行けなくなったのだ。

でもそれは、ただお母さんを納得させるための言い訳だ。オール木成の中でも習い事をしている子は何人もいる。やさおに言って、決まった時間に帰る子もいるし、休日に曜日変更した子もいる。

だからオール木成に入ったことと、習い事をやめるということは、イコールではない。でも、初めのミーティングのときに、やさおはこう言った。

「練習は必ず出ること。病気、けが以外での欠席は原則的に認めない」

実際このひとことで何人かは習い事をやめた。お母さんたちも、学校の行事ということで、案外簡単に習い事をやめさせてくれたみたいだった。そう、大人なんて結局なんだっていいのだ。学校から帰ってきて、すぐにテレビを観たりゲームをしたりしないで、ためになる「何か」をしていれば満足なのだ。

私はこれが絶好のチャンスとばかりにオール木成のことを持ち出して、ピアノをやめることを堂々と言った。するとお母さんは、拍子抜けするくらいあっけなく了承してくれた。こんなんだったらもっと早く言えばよかった、と後悔したくらいだ。

私はピアノが大きらいだった。ピアノというより、ピアノの練習がいやでいやでしかたなかった。月曜の夜のあのあせり。あの感じ。でもどうしても練習をする気になれないもどかしさ。

私はみどりちゃんのことを考える。みどりちゃんと私は、同じピアノ教室に通っていて、その教室で春に発表会があった。市内の同じ系列のピアノ教室の生徒が集まって、地元の文化会館で行われた小さなものだったけど、私は案《あん》の定《じょう》「練習をする」というセンスがまったくなく、いつまでたっても上達しなかった。私の弾《ひ》く曲は、十分実力の範囲内の曲だったし、時間は十分すぎるほどあった。

にもかかわらず、いつまでたってもちっとも上達しない私に、先生はあきれかえりながら、最終手段として「補習」という、思いもかけなかったとんでもない隠し技を提示してきた。

火曜日のレッスン日以外に、なんと日曜日まで特別にレッスンするというのだ。

もちろん、発表会までの期間限定だし、これは先生の好意であって無理に行かなくてもいいのだけれど、わざわざ先生が自分の時間を割《さ》いてまで教えてくれるというのに、行かないわけにはいかなかった。お母さんは先生に、申し訳ない、はずかしい、感謝します、と深々と頭を下げた。

でも、私は腹立たしかった。せっかくの休みにレッスンに行くなんて、まったくばかげている。本番になればどうにかなるし、今までの経験からすると、きっと私は三日くらい前から猛練習をして、なんとか弾けるようになれるはずなのだ。

それにこの補習は私のためじゃない。本番で先生が恥をかかないための補習レッスンだとしか思えなかった。

私はしぶしぶとレッスンに行き、うんざりしながらみどりちゃんに、そのことを告げた。みどりちゃんは、同情とも哀れみともつかない変な表情をして、

「大変だね」

とひとことだけ言った。

けれど、それからしばらくたったある日、みどりちゃんは私に、

「うらやましいよ」

とポツリと言ったのだ。

「えっ、何が」

「ピアノ。レッスン日以外にも、先生から教えてもらえるなんていいなあ……」

私は自分の耳を疑った。

「なんで？　なんでなんで。だって無理やりやらされてるんだよ。あまりにも下手

だから、しょうがないからやってるんだよ。先生だって本当はイヤイヤなんだよ」

「ううん、ちがうよ。さえちゃんには上手になってもらいたいんだよ。期待してるの、先生は。発表会でうまく弾けるようにって」

「ちがう。絶対にちがうよ。ねえ、みどりちゃん、ほんとにそんなんじゃないんだよ」

「ううん、お母さんも言ってた。あんたも頼んで教えてもらいなさいって……」

そんなんじゃないのに……どうして……。私はこのとき本当に、すごい衝撃を受けた。

みどりちゃんは、みどりちゃんの実力より少し上のランクの曲を発表会で弾く。それは、みどりちゃんならできると先生が確信したからで、補習をしないのは、そんな余計なことをしなくても、みどりちゃんはきちんと家で練習してきて、完璧に弾けるのがわかっているから。

それなのに、なんでなんだろう。うらやましいなんて。人によってこんなに受けとめ方がちがうなんて。それはとても怖いことで、私はその日みどりちゃんに言われたことが、頭から離れなかった。自分がこうだと思っていたことが、ほかの人にとってはまったく別の意味を持つ。怖いと思った。ものすごい恐怖だった。

みどりちゃんも、今月でレッスンをやめる。私は火曜日のレッスンがなくなり、課題を与えられなくなったことで、これからはもうピアノを弾かなくなるだろう。でも、みどりちゃんはレッスンをやめたあとも、ずっとピアノを弾き続けることだろう。自分ですすんで譜面《ふめん》を買ってきて、それができるようになるまで何度も練習をするだろう。

発表会当日、私は自信のなさのために、少しばかりテンポを速く弾きすぎてしまったけれど、それ以外はけっこううまくできた。先生もほっとした様子で、笑顔を見せてくれた。

でも、練習では完璧だったみどりちゃんが、本番で二回もミスってしまったのだ。みどりちゃんはそれでも堂々としていたけど、心の中ではきっと残念に思っていたと思う。

それとも、私に対して「ほらね、さえちゃんは補習をしたから上手に弾けたでしょ。私は教えてもらえなかったからまちがえて当然なの」と思っていたのかもしれない。そう考えると悲しかったけど、終わってから「ほっとしたねー」となんのふくみもない晴れ晴れした笑顔で言われて、私はそんなふうに意地悪く思ってしまった自分を呪《のろ》った。

先生は、おおとりのみどりちゃんのまさかのミスに顔をしかめていて、私は「本当に大人は余計なことをする」と補習のことを思い、「だからこんなことになる」と少し残酷な気持ちで先生のゆがんだ顔を遠くから眺めていたのだった。

ピアノを最初に習いたいと言い出したのは自分だった。先にお姉ちゃんが習っていて、それはとてもたのしそうで気持ちよさそうで、私はお母さんにお願いして、一年生のときからピアノを習いはじめた。

「さえは、本当に飽きっぽいわね……」

台所でお姉ちゃんの結婚行進曲を遠くにききながら、お母さんが言った。

「……別にいいじゃん」

何も言いかえせない自分を、私がいちばんよく知っていた。私は本当に飽きっぽいのだ。なんでもすぐに手を出すくせに、あっというまにやめてしまう。そろばんもスイミングも。

ある程度できるまでは一生懸命やるけれど、なんとなくできるようになると、もうなんだかどうでもよくなってしまうのだ。

私はピアノのある部屋に行って、お姉ちゃんの軽やかな指先を見つめた。高校一年のお姉ちゃんは、私よりも背が低い。私の身長は去年の夏、驚くべきスピードでぐんと伸びて（夜寝ていて、背骨が伸びる音がきこえたくらいだ）あっというまにお姉ちゃんを追いこした。

「何よ、あんたも弾くの？」

一曲弾き終えたお姉ちゃんが、振りかえって言った。

「ううん。ねえ、もう一回弾いて。今のやつ」

お姉ちゃんは、右の眉毛をちょっとだけ持ちあげてから、いいわよと言って姿勢を正し、きちんと座り直した。

たたたたーん、たたたたーん、

たたたったたた、たったたた、たったたた、たったたた、

じゃーんじゃじゃじゃじゃじゃじゃ、じゃーじゃららんらん。

丸くて赤ちゃんのようにもちもちとしたお姉ちゃんの小さな手は、あっちに行ったりこっちに来たりして軽快に動く。私の目は釘《くぎ》づけで、すごいなあとただそれだ

け思う。

だって、お姉ちゃんの紅葉《もみじ》みたいな手は、一オクターブ届くか届かないかのぎりぎりの大きさしかないのだ。それなのにこんなに鍵盤《けんばん》が離れている和音いっぱいの曲を、簡単に弾いてしまう。

私の指はお姉ちゃんの指よりうんと長いし、一オクターブ以上（ドから次のレまで）届く。初めてのレッスンのときに、

「この子は将来、必ず私よりうまくなります」

と、先生に言わせたほどの指なのだ。

それなのに、私にこの曲は弾けない。技術的にはもちろんだけど、そうじゃなくてほかの何か。なんて言えばいいのかわからないけど、私には絶対弾けないのだ、きっと、一生。

お姉ちゃんはピアノを弾くときだけ指がすっと長くなるし、私はピアノを弾くときだけぴたりと指が縮こまる。つまりは、そういうことだ。そういうことが、世の中には案外と存在するのだ。

私はそのことにたった今気づいた気がして、そしてそれを意外にもすんなりと納

得していることに、ちょっぴりがっかりしたのだった。

昨日までむしむしとした雨が続いていたけど、今日はまぶしい青空がいっぱい見える。もうすぐ夏休みが始まる。

今日はクラス対抗水泳大会。といっても、五時間目と六時間目の授業を変更して行うだけの簡単なものだ。狭いプールサイドに学年四クラス全員が集まると、なんだか人だらけだ。小さなおしゃべりのかたまりが、青空にわんわんと広がってゆく。

「つたりー」

カナちゃんが体育座りをして、うんざりしたように顔をしかめる。夏の過激すぎる太陽は、カナちゃんの白い頬をすでに赤くさせていた。

カナちゃんは二十五メートル平泳ぎに出場したけど、それはまったくやる気がなくて、水に顔をつけたのはたった二回で、もちろんビリだった。でもそれは初めからわかっていたことなので、私は応援もしないで、笑いながらたのしんで見ていた。

そのあとも、めりはりのない種目がだらだらと続いて、残すは注目のクラス対抗リレーだけとなった。四人で五十メートルずつ泳ぐ。現在三組は総合で二位だけど、このリレーで勝てば挽回《ばんかい》して優勝できる。

「位置についてー」

直人先生が、白いTシャツの裾を風にひるがえしながら声を張りあげる。

「よーい……」

ピーッ。

乾いた笛の音が、狭いプールサイドに三角形に響いた。

私は三番手だ。二番手が二位で二十五メートルのターンをしたのをゆっくりと見届けて、飛びこみ台に立つ。とたんに目線が高くなって、水面までがぐんと遠くに感じられる。きらきらと輝く金色の粒が、押し寄せてくる波でちらちらと散ってゆく。

私は腰をかがめてスタートの用意をする。不思議とこういう場面ではあまり緊張しない。ただ、いつもより身体がこわばっているというだけだ。でもそれも今だけで、飛びこめば解放されることを身体はちゃんと知っている。二番手のタッチ。

バビターンッ。

飛びこみ失敗。思いっきりお腹を打ってしまった。学校のプールはすごく浅くて、頭がぶつかりそうな気がして思うように飛びこみができないのだ。いたた、と思いながらがつがつ泳ぐ。

息つぎをするたびに、ざわめきがきこえる。何がなんだかわからないけど、がむしゃらに手足を動かす。クイックターンをして壁を思いっきりける。身体が自分に追いつかない、ちっとも進んでいない気がする。余裕がない。あせる。あと少し。あと五メートル。あとひとかき。タッチ。

後頭部に、次に飛びこんだアンカーのしぶきを感じた。一位との差は多少縮めたものの、変わらず二位のままだった。

プールを上がると、西田がニヤニヤしながら声をかけてきた。

「何よ」

「鈴木ってすごいよな」

てっきり、飛びこみのことをからかわれると思っていた私が、拍子抜けしてポカンとしていると、西田はクロールのジェスチャーをして、

「なんか泳いでるとき、かっこいいんだよな」

と言った。私は驚いて西田を見る。

「惜《お》しかったな、もう少しで四組に追いつけたのにな」

「……うん」

西田はさわやかに（本当にさわやかに）にこっと笑って、行ってしまった。今思うと、息つぎのときに、西田の応援がひときわ大きくきこえた気がするから不思議なものだ。

私は、女の子に素直に気持ちを伝えられる西田に感心して心から尊敬した。そして、西田は中学生になったら必ず女の子にもてる、とひそかに確信したのだった。

結局三組は一位の四組には追いつけずに二着のままで、総合も変わらずの二位だった。

リレーが終わって気が緩《ゆる》んだせいか、なんだか本格的に頭が痛くなってきた。水着に着がえたあたりからなんとなく頭が重かったけど、やっぱりだ。

最近いつも持ち歩いている頭痛薬を二錠《じょう》飲んだけど、ホームルームが終わっても頭が痛いのは治らなかった。私は具合が悪いことをカナちゃんに告げて、今日の練習を休むことをやさおに伝えてくれるように頼み、早々に家に帰った。

お母さんに布団を敷いてもらってすぐ横になった（中学生になったらベッドを買ってもらう約束なのだ）。頭が痛いとき、お母さんはやさしい。そして必ずプリン（みっつセットのじゃなくて、やわらかくて値段の高い焼きプリン）を買ってきてくれる。

私がまだほんのちいさな子どものころ、お母さんが目を離したすきに階段を転げ落ちてしまったらしい。もちろん私は、そのときのことをぜんぜん覚えていないけど、強く頭を打ってしまったらしく、お母さんはいまだにそのことを気にしていて、私が頭が痛いと言うととても心配する。

春休みには県立病院の脳外科というところに行って、大げさな検査をしたけれど、特に異状はなかった。先生はたいしたことないって感じに、

「この年ごろの女の子の頭痛というのは、けっこう多いんですよ。偏頭痛《へんずつう》かもしれませんね。とりあえず薬を出しときますから、痛くなったら飲むようにしてください。今以上にひどく痛むようでしたら、また来てください」と言った。

それ以来、病院には行ってない。もらった薬は、とっくになくなってしまったけど、市販の頭痛薬でも効果は変わらなかった。

こうして寝ていても、少し動くだけで頭がズキズキと痛む。なんだか吐き気もする。熱はないし、のども痛くないから、これは風邪じゃなくて、いつもの頭痛だ。目をつぶるといろんなものが見える。赤い点や黄色い線。おたまじゃくしみたいな黒いものが、上に行ったり下に行ったり前を横切ったりする。そして、それに混じって今日の水泳大会での情景が浮かんでくる。

水着に着がえるまではまだよかった。問題はプールサイドにみんなが集まってからだ。クラスごとに整列して、ふと足元を見たときに、私はくらくらとめまいのようなものを感じた。女の子の足、足、足、足、足。たくさんの足が重なり合うようにひしめき合っている。

今まで気がつかなかったけど、それは女の子の足ではなくて女の人の足だった。まっすぐだと思っていた足には、太いところと締《し》まったところがちゃんとあった。斜め前にいた女の子の太ももは、見るからにやわらかそうで白かった。まわりには、そんなふうな足がたくさんあった。肉のいっぱいついた足。やわらかそうな脂《し》肪《ぼう》の足。

目がまわって気持ち悪くなった。急いで目をそらしたけどもう遅い。頭の奥が緊張してきて、血管がドクドクと音をたてた。こんな変な気分の悪さはまったく初めてだった。

今思い出しても胸のあたりがもやもやする。何度深呼吸してみても、このあやふやなおかしな感じは拭いきれない。心に不透明なベールを何枚か貼られているような、白濁色《はくだくしょく》の煙が渦巻《うずま》いているような、そんなすっきりしない不愉快な気分。氷水にバッシャーンと飛びこめば、この正体不明のもやもやはとれそうだけど、そんなの無理な話だ。

それに今日はもうひとつ、がっかりすることがあった。

こないだの図工の、カセットできいた物語を描くというやつ。各クラスから一作品ずつ選んで、市の展覧会に出すらしいのだけど、なんと、それに私の絵が選ばれてしまったのだ。

私はどうしても納得できなかった。もちろん、私のふくろうの絵もとてもうまく描けたと思う。今まで描いた絵の中でも、ベストスリーに入るくらい上出来で、自分でもかなり気に入った。

でも、だけど、そんなのと比べ物にならないくらい木下さんの絵はとびきりだったのだ。

今日の図工の時間、ムコーヤマは本気で怒っていた。

「なんで仕上げてこなかったんだ。間に合わなかったところは宿題だとあれほど言っただろう。木下の絵を出すつもりでいたのに……まったく。これじゃあしかたないな……」

こないだの絵が時間内に完成しなかった人は、今日までに提出ということで宿題になっていたのだ。私の絵は単純だからその日のうちになんとか仕上がったけど、木下さんのとびきりの絵は、もちろん無理だった。すごく細かいし、色使いだってそりゃあもう、いろんな絵の具を混ぜてようやく一センチ塗るといった感じなのだから。

私は今日の木下さんの絵をどれほどたのしみにしていたか。それはムコーヤマも同じだったと思う。

それなのに、それなのに、木下さんは絵を仕上げてこなかった。絵のことなんてすっかり忘れてしまっていたようで、今日の朝、だれかに言われて初めて思い出したみたいだった。木下さんは、慌てて休み時間中に描いていたけど、そんなふうに急いで描く絵がうまくいくはずない。私はいてもたってもいられなくて、爪をかみながら貧乏ゆすりまでしてしまった。

案の定、短い休み時間に慌てて仕上げた木下さんの絵は、ただの中途半端《ちゆうとはんぱ》な適当な絵になってしまっていた。あんなにすばらしい絵だったのに！

だから「納得できなかった」というのは、私の絵がどうのこうのというのではなくて、木下さんがあのすてきな絵をきちんと完成させなかった、ということについてだ。私はそのことがすごく不思議ではがゆくて、怒りたいような泣きたいような気分になったのだった。

冷凍庫で冷やしたタオル（私の頭痛のために、お母さんが常に冷凍庫にタオルを二本冷やし固めている）をビニール袋に入れて、首筋にぎゅうっと押しあてた。あまりの冷たさに視界がいったんうすれ、それに気をとられて、一瞬もやもやが消えた気がした。私は冷たい心地よさを敏感に感じ取りながら、そのままゆっくり眠りへと沈んでいった。

目が覚めて時計を見ると朝の四時過ぎだった。カーテンを開けると、もう外が薄明るくて驚いてしまった。私が寝ている間にも地球は確実に動いているのだ。

頭が痛いのは相変わらず続いていたけど、昨日よりはだいぶ気分がいい。のどがすごく渇《かわ》いていたから、台所へ行って牛乳を一気飲みした。家の中は本当にしーんとしている。物音ひとつしない、不思議な時間。私はもう一度寝直そうと思い、のどが渇いたときのために冷蔵庫からスポーツドリンクのペットボトルを取り出した。

「ん?」

階段をのぼりかけたとき、奥の部屋からおばあちゃんのうなり声がきこえたような気がした。私は急いで、だけど慎重に、おばあちゃんの部屋のふすまをそっと開けた。

「おばあちゃん?」

おばあちゃんは、ベッドに半身起きあがっていた。

「どうしたの?」

おばあちゃんはうつろな目つきで、目をぎょろっと開けている。そして、ゆっくりと首をまわして、こっちを見た。

「おばあちゃん……？」

「だれだ……」

「え」

「だれだ、だれだ、だれだ！　おまえはだれだあ！」

「きゃっ」

私はあまりの驚きにペットボトルをドスンと落として、そしてそれにつまずいて尻もちをついてしまった。その拍子に後ろの柱の角に、肩を思いっきりぶつけた。しびれのようなものが、ビンッときたけど痛くなかった。痛さよりも恐怖だった。

何よ今の、なんだったの。あのおばあちゃんの顔。マネキンみたいなつるっとした青白い皮膚《ひふ》の色。細くつりあがった目は、暗闇でフラッシュをたいた写真のように瞳が鋭く赤く光っていた。

「なあに、こんな朝早くから」

振りかえると、お母さんがパジャマ姿で立っていた。

「お母さん……」

「さえ、もう頭痛いの治ったの？」

私はしずかに頭を横に振って、おばあちゃんがおかしいと小さく言った。お母さんは、おばあちゃんを見てから、ひとつ深呼吸して、

「おばあちゃん、おはよう」

といつもどおりに声をかけた。

「おはようさん」

「へ……？」

おばあちゃんは何事もなかったように、いたって普通にそう答えたのだった。

結局、その日は学校を休んでしまった。七時過ぎにお母さんが「学校は？」と、ききに来たけど、身体が鉛《なまり》のように重くて起きあがれなかった。

六年になってから初めての欠席だった。

3 夏休み

夏休みに入っても、当たり前のようにオール木成の練習はあった。狭い体育館は、むんとしていて、すぐにユニフォームはびっしょりになってしまう。休憩時の砂糖入り麦茶が、唯一《ゆいいつ》のおたのしみだ。

オール木成に入っている六年生は全員で十五人だ。今まで一度も同じクラスになったことがない子も何人かいる。キャプテンは二組の金谷《かなや》公子《きみこ》。

今日、私は金谷にかなりむかついている。練習開始前のやさおの話のときに、私がちょっと笑ってしまったのを金谷は見逃《みのが》さないで、それをなんと（！）直人先生にちくったのだ。

「直人センセエ。鈴木さんたら今日のミーティングで遠藤先生が話してるのにぜんぜんきいてないの。昨日のミーティングのときも笑ってたんだよ。ホント、もう少しまじめにやってほしいよ」

頭にきた私が言いかえそうとしたとき、直人先生が私を横目で見て、

「しょうがないな」

と、ぼそりと言った。私はそれきり何も言えなくなって、胸にムカムカを抱《かか》えたまましかたなく練習を続けた。

何よ、本当に頭にくる。いちいち言いつけるなんて最低だ。しかも直人先生に。「しょうがないな」と直人先生に言われて、すごく落ちこんでいるのが自分でもわかる。それは「しょうがないな」と言われたこと自体じゃなくて、私の気持ちに、だ。

直人先生が担任だった四年生のころ、お調子者の私はしょっちゅう怒られていたけど、でもそんなのぜんぜん平気だった。毎日のように直人先生に「しょうがねえなあ」って言われてたけど、そんなのちっとも気にならなかった。直人先生がかまってくれるのがうれしくて、自分からすすんでわざと直人先生を怒らせていたくらいだ。

それなのに今、私はこんなにさみしい気持ちになっている。金谷に言いかえすこともできないで、直人先生の目を見ることすらできなかった。

今日はこれから、六年生で練習試合を行う。キャプテンの金谷チームと副キャプテンの有希《ゆき》ちゃんチームに分かれて。私はラッキーなことに有希ちゃんのチームになった。

確かに金谷はポートボールがうまい。低いドリブルで敵をかわしてどんどんゴールへ進んでいく。パスも確実だし足も速い。そう、確かにうまいのだ。でも「てんでだめだね」と私は思った。てんでだめ。だって性格が悪い。

ミーティングのとき笑ってしまったのは、昨日のことを思い出したからだ。昨日のミーティングの少し前に、カナちゃんがやさおのズボンの破れを発見したのだ。ちょうどお尻のところの縫い目が、ほんの少しだけど切れていた。

紺のスラックスから白いものがのぞいているのを見てしまったときには、本当におかしくて涙を流してお腹が痛くなるまで大笑いした。だから、そのあとのミーティングは笑いをこらえるのが精いっぱいだった。歯で頬の内側をかんだり、ももをつねったりして、必死に笑いをがまんしたけど、顔はニヤついてしまった。カナちゃんも下を向いて肩をゆらしていた。

カナちゃんは今日のミーティングではもう笑ったりはしなかったけど、私はやさおを見るだけで思い出してしまって、ついつい顔がにやけてしまった。でもしかたない、がまんできないくらいに本当にどうしてもおかしかったんだから。

この練習試合、私はやけに燃えている。ふと見た手が、知らないうちにきつくこぶしになっている。力がみなぎっているのが自分でもわかった。身体の中心から力がわいてくる感じ。それはとてもおもしろい感覚で、今まで経験したことのない種類のものだった。

ピーッ。直人先生の笛の合図で試合が始まったと同時に、私はジャンプボールをすばやく拾い、そのままドリブルして敵がガードする前にロングシュートをした。残念ながらみどりちゃんは金谷のチームで、「台」はみどりちゃんじゃなかったけど、それでもボールはきちんとゴールマンの手の中に収まった。

金谷のドリブルだけは阻止しようと、私はむきになってマークした。二回もファウルボールをとられてしまったけど、それは金谷が大げさに転んだからだ。まったく。そういうセコイところも苦手だ。

私はそのあともサルのように動きまわり、おもしろいようにシュートを決めた。自分の身体が自分の思いどおりに動くというのは、なんて気持ちがいいことだろう、とボールを追っているときに思う余裕すらあった。

結果は、私たちのチームの勝利だった。金谷は見るからに悔しそうな顔をしていた。ざまあみろ。私は心の中で思いっきりアッカンベーをした。

「さえちゃん、すごかったね」

試合後、有希ちゃんが明るく声をかけてきた。

「うん、なんだか調子よかったみたい」

カナちゃんやみどりちゃんにだったら、金谷にむかついてがんばったことを言ってしまうんだけど、有希ちゃんには言わない。有希ちゃんが困るのがわかるから。有希ちゃんは金谷と仲がいい。私が見た限りでは金谷が一方的に好きなような気もするけど、でもキャプテンと副キャプテンだし、仲がよくなきゃみんなも困るのだ。

有希ちゃんは、本当にいい子だ。同い年の私が言うのもなんだけど、有希ちゃんはどこをとっても二重マルだ。顔はかわいいし、頭はいいし、運動もできるし、性格もいい。まるっきり、大人が好みそうな十二歳のお手本なのだ。

「さえちゃんってモダンな顔してるわって、お母さんが言ってたよ」

「モダン？」

「うん、モダンだって」

モダンってどういう意味だろうと思いつつ、有希ちゃんはいつも人のことをいい気分にさせてくれるから、それはきっとほめ言葉なんだろうなと思った。

私は別にふだん本気を出してないわけじゃない。日によって気合いの入り方がちがうだけだ。そういうのは、自分の意志ではどうこうできない。別に手を抜いているわけじゃないし、いつだって私はまじめに練習しているのだけど。

ただ、地区のチームとちがって私はキャプテンではないし、オール木成には私よりうまい子が大勢いるというだけだ。

やさおは今日の私の活躍を見て、眉毛をぴくぴくと上げたり下げたりしていた。

今のところ、オール木成での私のポジションは「なんでも屋」だ。「なんでも屋」というのはまんべんなくある程度、広く浅くできるということで、私は日によって台になったりはたきになったりもする。金谷や有希ちゃんのパスの特訓のお相手になることもあるし、前衛になったり後衛になったりと、さまざまな役まわりをする。

でも私はそれに不満を言うつもりはないし、というかなんの感想も持たない。ただ、やさおたちに言われたことをするだけだ。身体を動かしてほんのちょっとだけ頭を使って、ボールを追う。

私が好きなのは、みんなとのくだらないおしゃべりや、好きではないだれかの失敗を見つけること（やさおのズボンのお尻の破れとか）や、休憩時間の甘い麦茶や、直人先生の整髪料の香りなのだ。

服の下に水着を着こんで、ビニールバッグにバスタオルだけ入れて家を出た。去年は毎日のようにみどりちゃんと海に行っていたのに、今年は今日が初めてだ。

うちから浜までは自転車で六分の距離で、三分目のところにみどりちゃんの家がある。暑さでアスファルトにゆらゆらと湯気が立っているように見える。アブラゼミの声は、地球が誕生してから休むことなくずっと鳴き続けているみたいに、夏の景色にしっくり溶けこんで、青空にうるさく響いている。

「みどりちゃーん」

私のTシャツは、あっというまに水着の線を残して汗でぬれている。この時点で私の頭の中は、海から帰ったあとに飲む、氷たっぷりのカルピスのことでいっぱいだった。

みどりちゃんは石造りの門の前で、自転車のハンドルに手をかけたままの姿勢で待っていてくれた。

「待った？」

「ううん」

みどりちゃんのその姿を見て、私は二年生の終わりに死んでしまった、おじいちゃんのことを思い出した。

ピアノを習いはじめたばかりのころ、レッスンの時間になってもお母さんが帰ってこなかった日があった。生意気だけど、じつは気が小さい私は、ひとりで教室まで行くことができずに、それなのにレッスンの十分前には何がなんでも教室に着いていなければならないと（変なところがやけに几帳面《きちようめん》なのだ）強迫的《きようはくてき》に思い、わんわんと声をあげて泣いていた。

全身をバネのようにして泣きじゃくる孫を見かねたおじいちゃんは、

「場所はどこだ、後ろに乗りなさい」

と言って、首を持ちあげたカマキリのような自転車にさっそうとまたがった。

転がって泣いて、耳や鼻に流れていた涙は、おじいちゃんの意外な行動に面食《めんく》らってピタッとやみ、私はそそくさとカマキリ自転車の四角い荷台に飛び乗った。

おじいちゃんの自転車は車輪が大きくて、一回こぐだけでぐんと遠くに行けた。

おじいちゃんの背中はおじいちゃんの匂いがして、それはとてもなつかしい匂いで、うんとちいさいころにかいだ押し入れの匂いみたいだった。

ピアノ教室の入っている雑居ビルに着くと、

「行ってきなさい、待っているから」

とおじいちゃんは言って、私は階段をかけあがり二階にある教室に急いだ。

でも教室にはだれもいなかった。まだ時間が早かったのだ。私はまた階段をかけおりていった。

「あ」

おじいちゃんを探す間もなく、おじいちゃんは目の前にいた。

入り口のところで、さっきとまったく同じ格好のまま、来たときと同じ位置にいた。背筋を伸ばして前をしっかり見すえてハンドルを握り、サドルに腰掛けて、左足を地面に、右足をペダルにのせて。

「おじいちゃん」

声をかけると、おじいちゃんはゆっくりと振り向き、

「どうした?」

ときいた。

「だれもいなかったんだけど……」

「まだ時間が早いからだろう、先生が来るまで教室で待っていなさい」

私は小さくうなずいて、また階段をのぼっていった。階段の途中で振りかえって、おじいちゃんを見たけど、おじいちゃんはすでに前をしっかりと見すえていた。来たときと同じ、そのままの姿勢で。

私はとても驚いていた。どうしておじいちゃんは動かないんだろう。自転車から降りて、どこかで休んでいればいいのに。あのままで一時間も待っているつもりなのだろうか。疑問、尊敬、同情、怖れ、喜び、私のちいさい胸はさまざまな思いで

満杯《まんぱい》になったのだった。

「みどりちゃん、うちの死んじゃったおじいちゃんのこと覚えてる?」

「うん、覚えてるよ。ちょっと怖そうだったよね」

みどりちゃんがいたずらっぽく上目遣いをして言った。

あのあとピアノの先生はすぐに来て、そのあとを追うように、お母さんとお姉ちゃんがやってきた。二人で買い物に行っていたらしい。

「まったく。泣いて駄々《だだ》こねたんだって?」

と、お母さんたちにあきれられたけど、私はこの貴重な体験を少し自慢に思った。お母さんたちが来たから、おじいちゃんは入れちがいで帰ったのだけど、もし来なかったらずっとあのままの姿で待っていたはずだった。

その次の年、おじいちゃんはクモ膜下出血《まくかしゅっけつ》で倒れ、そのまま退院できずに死んでしまった。まだ八歳だった私は、悲しみというものがわからず、なんの感情もわかなかったけど、たった今、すごく悲しいと思った。あのときのおじいちゃんを、今ようやく思い出して、あのまっすぐ伸びた背中や地面につけていた左足のつま先を、まざまざと思い出して、とても悲しいと思った。

「おばあちゃんは、元気？」

みどりちゃんが、ふいに思い出したようにきいた。

「うーん、相変わらず寝てる」

「そっかあ」

やさしいみどりちゃんは、トーンを落とした悲しげな声で遠慮がちに言った。

浜に下りる石段のところに青い旗がはためいている。今日の海は、最高に海水浴にぴったりだということだ。

浜では家族連れやカップルが、のんびりと寝転んだりジュースを飲んだりしている。海水浴場といっても名ばかりの、地元の人しか来ないこのくすんだ色の海を、私たちはとても気に入っている。

秋には、波打ち際《ぎわ》に流れ着いた色とりどりのガラスのかけらを拾いに来るし、冬は空いっぱいに広がる星を眺めに浜に下りる。春のはじまりの濃厚な潮の香りや淡い色の海も大好きだし、もちろん今の時期の蜃気楼《しんきろう》のような海岸の景色や入道雲、まちがえて飲んでしまう海水の塩辛さ、足に絡《から》まる黒い海藻、バイパスを通る車の騒音なんかも大好きだ。

夏真っただ中だけど、ここには夏のヒントがたくさん隠れている。

「今日、練習休みでよかったあ、海日和《うみびより》だよ」

「うん、ほんと。暑くて気持ちいいー」

テトラポッドに着がえを置いて、私たちはみどりちゃんが持ってきた大人用のうきわに交互に空気を入れてから、わざとばしゃばしゃと波をたたいて海に入っていった。

「つめたーい」

「気持ちいいー」

白い波が来るたびに、私たちは斜め四十五度に構えて飛びこえて、ずんずんと海の中心に向かっていく。

途中、ある地点でいきなり足が着かなくなる瞬間が、私はたまらなく好きだ。それは本当に突然現れて、私たちを驚かせ足元をすくう。半歩前までは、確実につま先で確認できたものがいつのまにか消えている。不安げになったつま先が、また半歩戻って探してみるけれど、もうそこにはない。足を左右にたぐってみても見つからない。二度とたどり着けない、半歩前のほんの一秒前のあの場所。

そのときの私は、不安というよりもむしろ安心してしまう。波にえぐられ流されたあの場所はもうないのだ。私のつま先が触れたあの半歩前の海底は、もう絶対にこの世には存在しないのだ。ないのだから私は探さないですむ。もうないのだから、私は見つける必要がない。完全なあきらめは、私に安堵感《あんどかん》をもたらしてくれる。

私たちはそのまま一気にぐんぐんと沖まで泳いでいって、波の穏やかな場所に落ちついた。みどりちゃんはお尻をすっぽりとうきわに入れてVの字になって、心地よい波にゆられていた。そして首をぐいとそらせて、青い空を仰《あお》いだ。私もうきわのへりにつかまって空を見あげる。

まぶしい夏の空。太陽が近くにいすぎて目を開けられない。はるか遠くに見える濃紺の海は、キラキラとダイヤモンドがちりばめられているようで、とてもきれいだ。

「ねえ、さえちゃん。水平線から入道雲が出てるよ。あそこまで泳いだら雲がされそうな気がしない？」

私はみどりちゃんをまぶしく見て、大きくうなずいた。私も今、同じことを考えていたのだ。

「よし、行ってみよう」

私は勢い勇んで水平線に向かってクロールを始めた。ざわざわした海の音にまぎれて、みどりちゃんの無理だよお、という声と笑い声がきこえた。

海で泳ぐのはむずかしい。なんだか、バタバタと余計なことをしてしまうのだ。そして不思議なことにプールより水が重い。まとわりつく海水をひとつひとつかきわけて、前に進む。ゴーグルを忘れてしまったせいで、目をつぶってても海水が目にしみる。

いたた、痛い、だめだ、ギブ。私はクロールを中止して、目をぱちぱちさせて立ち泳ぎしながら後ろを振りかえる。あれっ？　みどりちゃんがすぐそこで、にこにこしながら、うきわの上で手を振っている。

「何よー、ぜんぜん進んでないじゃーん」

「だってさえちゃん、潮に逆らって泳いでるんだもん」

Uターンして、大きな声で話しながら平泳ぎをしたら二かきくらいで、あっというまにみどりちゃんのうきわにたどり着いた。

「水平線までは無理だったね」

みどりちゃんが、変わらずまぶしい笑顔で言う。

「ねえ、みどりちゃん。水平線ってどうなってるんだろうね。もし、本当に今見えてる水平線に行けたとしても、そこが海の終わりじゃないんだよね。そこからはまた別の水平線が見えるんだよね」

みどりちゃんは水平線を見つめて、たっぷりと考えてから、

「地球は丸いから」

と言った。まるで算数の正しい答えを言うときみたいに。

地球は丸い。ああ、そうか。地球は丸いから今見えてる水平線に行けたとしても、その場所から遠くの海を見れば、また新しい水平線が見えるんだ。ああ、そうだった。地球は丸いんだ。

私はなんだか愕然《がくぜん》として、そしてそれからすぐに今度は、広々とした底なしの感動を覚えた。地球は丸い。どこまでもつながっている。

「大人になったら、二人で海外旅行こうよ」

みどりちゃんが目を細めて水平線を眺めながら言った。私はそれがとてもいい考

えに思えて、大きくうなずきながらゆらめく透明の波の上で、みどりちゃんと指切りをした。
私たちの海水でぬれた、子どもでも大人でもない中途半端な大きさの小指は、太陽の光をふんだんに浴びてとても美しく輝いていた。

その日の夜、私はすごいものを見つけてしまった。
庭先でお姉ちゃんと花火をしたあとに、庭を懐中電灯で照らしていて偶然にそれを発見したのだ。五葉松に、なんと四匹もセミの幼虫がくっついていて、それがなんと羽化《うか》!をしていたのだ。ああ!
それはまったく興味深かった。そして、感動的すぎた。
――茶色のスーツから
じりじりと
白っぽい角《つの》が
出る――
と、ここで(時刻は九時で発見から一時間半ほどたっている)私の腕と足は思う存分、蚊《か》に刺されてしまい、私はあえなく家の中に退散した。

それから速攻でおふろに入り、虫除《むしよ》けスプレーを全身にたっぷりとふりまいてから、折りたたみいすを用意して、五葉松の前に陣取《じんど》った。お父さんもステテコ姿でビールを片手につき合ってくれたけど、三十分でリタイアしてしまった。

それにしても、まったく遅いのだ。ずーっと見ているのにちっとも変わらない。でもセミってたしか幼虫時代は土の中で何年か過ごして、羽化して成虫になったら一週間程度しか生きられないんじゃなかったっけ。一週間……。短いなあ、と私はしみじみ思い、目の前にいるセミたちの一生懸命さをしっかりと心に刻んだ。明日からは、もう少しセミの声に耳を傾けようと心に誓った。

十一時半になってお母さんに、もう寝なさいと三度目の警告を受けて、私はしかたなく（じつはとても眠かった）いすをたたんだ。

結局、最後まで見届けられなかったけど、複雑に折りたたまれたしわくちゃのやわらかそうな羽が、明日にはパリッとした本物の羽になってしまうのは、すごい驚きでひどく不思議でまったく神秘的だったし、半透明のできたてほやほやの身体はエイリアンの赤ちゃんみたいでとてもかわいかった。

次の日の朝、急いで見にいったけど、松の木にはいつもの見慣れたセミの抜け殻が四つくっついているだけだった。脱《ぬ》ぎたてのそれをさわってみると、まだほのかにぬくもりがあってやわらかくて、背中のところには白いひものような幼虫のなごりも残っていた。

私はそれを壊さないように五葉松からそっとはがし、イチゴジャムの空き瓶にしずかに入れた。

「家族で旅行に行くので休みます」

と言った私は、やさおにすごい剣幕《けんまく》で怒られた。

夏休みが勝負なんだ、わかってるのか。予定を入れるなと言ったはずだ。ああ、ああ。わかった。もういい、鈴木をレギュラーに考えてたのがまちがいだった。もういい。

やさおはいつまでもぶつぶつと独り言のように言って、それでも休みを撤回《てっかい》しない私にあきれ果てたのか、ボールをバンッと床にたたきつけ、どこかに行ってしまった。

私は悔しさと疑問で頭がいっぱいで、顔が真っ赤になっていくのが自分でもわかった。

何よ何よ、何よ。ほんとムカツク。うちで行く旅行にまで口を出してくるなんて。しかもレギュラーのことを持ち出してくるなんて信じられない。

だいたいレギュラーなんてまだはっきり決まってないし、私なんていまだに台になったりはたきになったりで、練習でのポジションさえあやふやなのに、何がレギュラーよ。大人げないし、どこかがまちがってる。ばーか。ばーか。

だから私は大いばりで、お父さんの会社の夏休みに合わせて、お父さんとお母さんとお姉ちゃんとで青森に行った。おばあちゃんは、叔母《おば》さん（お父さんの妹）がうちに来て看《み》てくれた。

本州の最北端にある青森は地図で見ると遠いけど、東北新幹線に乗ったらあっというまで、どこでも簡単に行けるんだなあと思った。遠くだって近くだって、やっぱり道はつながっていて、どこでも自分が行こうと思えば行けるのだ。外国だっていつか本当にみどりちゃんといっしょに行けると思う。

夏まっさかりだというのに、青森はとても涼しくて空気が澄んでいて、十和田湖《とわだこ》はきれいで、洋室と和室が両方ついている旅館の部屋はなかなかすてきで、食事もおいしかった。

ふだんはお互いにあまり話さないお父さんとお姉ちゃんも、なんとなくだけどたのしげに会話をしていた。帰るときにお母さんが、

「家族で旅行に来るのもこれが最後かもね」

と、しんみりでもなくいつもどおりに言って、私はそのときはなんとも思わなかったけど、きっと自分が大きくなったらこの言葉を思い出して、胸がきゅんとするんだろうなあと、遠い未来の自分を思ってちょっとさみしくなった。

夏休みというのは、なんで八月に入ったとたんに、急速に速度をあげてしまうのだろう。ようやく八月に入ったと思ったら、もういつのまにか八月十日の登校日だ。きっと残りの夏休みは、本当にあっというまに過ぎていってしまうのだろう。

今日提出の工作の宿題を持って、久しぶりの教室に入った。なつかしい匂い。忘れてた風景。

「おはよう、さえちゃん」

とカナちゃんに声をかけられたら、みんながいっせいに入り口に立っている私を見た。そして、すぐに目をそらす。

ああ、そうか。登校日や学期のはじまりのときは、いつもそうだ。久しぶりに会ったクラスメートの様子をいち早く確認したくて、うずうずしてしまうのだ。

いつも以上にざわついている教室の中で、私もこっそりとみんなの顔を盗み見る。ちがう、ぜんぜんちがう。みんなすごく大人っぽくなっている。日に焼けた小麦色の肌。無造作に伸びた髪。気づかないうちに大きくなっている上履きのサイズ。私の心は、あせりとあこがれで急にドキドキしはじめる。

「今日も練習あるんだよねー」

カナちゃんが、うんざりしたように言う。

「ほんと最悪。いったん家に帰って、お昼食べてからまた来るんでしょ」

「あーあ、めんどくせーなー」

相変わらず口の悪いカナちゃんの、短く切った髪を見る。カナちゃんは夏休みに入ってすぐに髪を短く切った。あのさらさらの長い髪を切ってしまうなんて、すごくもったいないと思ったけど、惜しげもなく耳を出したショートヘアも、カナちゃんにはよく似合っていた。きれいな子はなんでも似合うのだ。

クラスのみんなが、カナちゃんの短い髪をずっと見つめているのを私は知っている。ポートボールの練習で会ってなかったら、私もさぞかし今日はびっくりしたにちがいない。

登校日のその日、ポートボールの練習で事件は起こった。

「いたいっ」

ドリブルの途中で、ディフェンスに阻止されて金谷が転んだ。そしてそのままうずくまって涙を流している金谷を、私は映画でも観ているかのように、遠くからただ眺めていた。

「どうしたっ、だいじょうぶか」

やさおが慌ててかけ寄って、金谷をしずかに立たせた。金谷は右肘《みぎひじ》をそっと押さえて涙を少しずつ小刻みに流しながら、やさおに抱えられるようにして、そのまま病院へと向かった。

金谷の右腕は、骨折していた。

骨折。びっくりだ。あんなふうに、スローモーションみたいに転んで、骨が折れてしまうなんて。

金谷が骨折してから、やさおの不安といらだちはますます大きくなったようで、なんだかとても不幸そうに見えた。中心になって動きまわっていたキャプテンの金谷が抜けたことで、チームのみんなも初めのうちはとまどっていた。

が、それにもすぐに慣れた。人は、なんでもすぐに慣れてしまうのだ。一時はバランスをくずしてしまったチームも、金谷が包帯をしたまま練習に顔を見せるようになったころには落ちつきを取り戻して、以前のように活気づいていた。

金谷の右腕はギプスで固められていて、包帯がぐるぐると大量に巻いてあって、見るからに「骨が折れてます」という感じだった。ちなみに金谷の包帯は、ちっともかっこよくなかった。

そのころから、私は自然とレギュラーチームに入っていた。金谷がいないチームは、とても快適でやりやすかった。みどりちゃんとカナちゃんはもちろんだけど、有希ちゃんもいるし、同じクラスのあかねちゃんやはたきに決まった聡子《さとこ》とも気が合った。金谷と仲がよくて私が苦手だった子たちも、金谷がいないというだけで、不思議と感じがよくなり普通におしゃべりすることができた。

この時期、私は本当にたのしく気持ちよくポートボールができた。身体は自分が思う以上に容易に動き、ボールは素直に私の言うことをきいてくれ、たまに顔を見せる直人先生は、ちょうどよく日に焼けてとってもかっこよかった。

小学生最後の夏休みは、やっぱりあっというまに過ぎてしまったけど、ひとつひとつをとってみると、それはとても有意義で新鮮で、ありきたりで怠惰《たいだ》だった。この夏、私は紺地にひまわりの柄の浴衣《ゆかた》を着て、最後の参加となる町内の盆踊り大会にみどりちゃんといっしょに行き、毎年恒例の浜の花火大会に親戚のお姉ちゃんたちと行って、打ち上げ花火っていうのは、輪じゃなくて球だということを知った(これは我ながらすごい発見だった。楕円《だえん》の花火が上がったときに気がついたのだ)。

そしてこの夏休み、私は大きなイチゴジャムの空き瓶の中に、セミの抜け殻を三十六個集めた。

4　水面の世界

新学期の教室はいつもとちがう。いつもとはちがうけど、登校日のようにただ明るいだけの雰囲気ではない。天井付近にどよーんとした重たい空気が漂《ただよ》っているのだ。

でもみんなはそれに気がつかないふりをして、わざと大きな声で話したり騒いだりしている。クラスメートの夏の間の微妙な変化を、ひとつも見逃さないように気を配りながら、無理にはしゃいだふりをしてしまうのだ。

ムコーヤマが出席を取り、みんながうわついた返事を返す。ムコーヤマは、なんだかとても小さくなってしまったようで、私は気の毒に思うあまり、つい大きな声で元気よく返事をしてしまった。

「おお、鈴木は元気だなあ」

ムコーヤマがそう言って笑い、みんなもげらげらと笑った。まったく。いい気なものだ。

すいちゃんは、新学期早々学校を休んだ。どうやら、下の学年にいる三人の弟や妹たちも、そろって欠席だったらしい。私は舌打ちをした。どうして、肝心《かんじん》な初日に来ないのだろう。またリエたちが勝手な噂をしてしまうというのに。

そのリエたちは、驚いたことに髪を短く切っていた。そういえば女の子は髪をショートにした子が多い。やれやれ。私はちいさくため息をついた。


「おかえり。早いね」

お母さんが庭の草むしりをしながら言ったその横で、麦わら帽子をかぶったおばあちゃんが車いすに乗って、気持ちよさそうにそよそよと風に吹かれていた。

「おお、さえか。学校はどうだった」

私に気づいたおばあちゃんが、元気よく振りかえって言った。よくわからないけれど、おばあちゃんは本当に普通のときと、ぜんぜんだめなときがあるのだ。今日は調子がいいらしい。

「うん、たのしかったよ」

私はうれしくなって、つい調子のいいことを言ってしまう。

「あーあ、よかったねえ。さえはいい子だから、なんにでもなれるさ」

そう言って、おばあちゃんはにっこりと笑った。

おばあちゃんは、昔から私に「さえはなんにでもなれる」と、口ぐせのように言ってくれる。もちろん、私もなんにでもなれるって思ってる。思ってるけど、最近よくわからなくなってきた。だって、何かになれる人はもうこの時点で、その何かに近づいているような気がするから。

私には木下さんのような絵は描けない。私だって図工の成績はいいけど、私の絵と木下さんの絵は決定的にちがう。何かになれない程度のあたりさわりのない絵と、何かになれる素質のある、抜群に上等なとびきりの絵。

今、私は小学校の先生になりたいと思ってる。直人先生みたいなかっこいい先生に。でももし先生になれたとしても、何かがちがうような気がするのだ。私が先生になれたとしても、絶対に木下さんにはなれないのだ。

残念だけど、今のこの十二歳の時点で決定されていることは、たぶんいくつもあるはずだ。

目を細めながら、うっとりと心地よさそうに風に吹かれているおばあちゃんをじいっと見つめる。「何かになれる」ってなんだろう。私はまだ間に合うだろうか。おばあちゃんにきいてみたかったけど、おばあちゃんのあごに麦わら帽子の白いゴムが食いこんでいるのを見たら、なんだか胸がいっぱいになってきけなくなってしまった。

冷凍庫にアイスあるわよ、とお母さんがしゃがんだまま後ろ向きで言って、私はたまらず、

「おばあちゃんもアイス食べる？」

ときいてみたけど、おばあちゃんは眠ってしまったようで、大きな麦わら帽子がカタカタとゆれているだけだった。

二学期が始まって四日目にようやくすいちゃんが来た。案の定、リエたちは意地悪だった。メモ書きで机の中に呪《のろ》いの言葉を十三通り入れ、すいちゃんが通るたびに「くっさーい」「ドブ川」「ゴキブリ」などと、本人にしかきこえないような声で

言った。自分の似合わないショートヘアをどうにかしてから言いなよ、と私は心の中で毒づき、すいちゃんに、

「なんで休んでたの？」

とこっそりきいた。すいちゃんはおどおどしながら、

「ハワイ」

と小さな声で言った。

「えっ」

ハワイ？　そういえば、すいちゃんってば焼けている。私は「そっかあ、いいなあ」とだけ言って、すいちゃんはあいまいにうなずいていた。

そのあとだれもすいちゃんに話しかけなかったし、私もそのことはだれにも言わなかったので、すいちゃんがハワイに行って休んでいたということは、きっとだれも知らないと思う。だけど私の頭の中は？マークでいっぱいで、そしてなんだかおかしくて、ひとりで笑ってしまった。すいちゃんちっておもしろい。

「今日、席がえじゃん」

カナちゃんに言われて思い出した。昨日の学級会で今学期の新しい委員が決まっ

て、今日席がえをすることになったのだった。まあ席がえはともかくとして、学級委員から解放されたことは、何よりも私の心をほっとさせた。

席がえは男女別にくじで決められた。これにはみんな大ブーイングで、新しい学級委員たちはとても困った顔をしていたけど、それはしかたがない。学級委員とはそういうものだ。

私はラッキーなことに、窓側のいちばん後ろの席になった。隣は西田で前はすいちゃんだ。気の毒なことにカナちゃんは、いちばん前のど真ん中になってしまい、暗い顔でぶつぶつと文句を言っていた。

六年三組の教室のある三階からは外の景色がよく見える。決して広くはない運動場にはジャングルジムやのぼり棒があり、六つあるうちのいちばん低い鉄棒は、いつのまにか私のお腹の位置になってしまっている。

いったいいつから、シーソーやタイヤのとび箱で遊ばなくなってしまったんだろう。いつのころから、あんなに夢中で遊んだものたちが私の目に映らなくなってしまったんだろう。

すぐ下の花壇《かだん》には、去年植えたパンジーが茶色くひしゃげている。その後ろには一年生たちの朝顔の鉢がきれいに並べてある。この陽射《ひざ》しで、土は水分がすっかり抜けてしまっている。

ふいに目の前の風景がにじんでいった。不思議なことに、私の目は涙でいっぱいになっていたのだった。


「田中コーチ」

お母さんと近所のスーパーに買い物に行ったら、田中コーチがいた。

「おお、さえ。久しぶりだなあ。オール木成のポートボールがんばってるか」

「うん」

田中コーチが持っているカゴの中には、ジャガイモとにんじんと玉ねぎが入っていた。

「女房が風邪で寝こんじまって」

私たちの視線に気づいたコーチは、笑いながらそう言った。

「あらあ、そうですか。お大事になさってくださいね」

お母さんが眉根《まゆね》を寄せて心配そうに言う。

「今日はカレーでしょ」

と私が言うと、田中コーチは照れたようにうなずいて、はずかしそうに頭をかいた。

そのまま手を振って（お母さんはおじぎをして）コーチは人にまぎれて行ってしまった。その後ろ姿はなんだかとっても普通のおじさんで、私の胸は少しだけきゅっとくぼんだ。

その日の夜。突然、空はすさまじい勢いでショーを始めた。昼間はずっと晴天だったのに、八時を過ぎたころに大粒の雨がバシバシと降ってきた。

ゴロゴロゴロ、ドドーン、ドンッ。

「おっ、近いな」

「すごーい、光った。ギザギザ見えた！　稲妻《いなずま》見たの初めて！」

お父さんと二人で、ベランダから海の上にある空を眺めていた。お父さんはもちろんお決まりのビールを片手に持っていたけど、かなり真剣に見入っていることは、そのビールがいつものペースで減っていないことでわかった。

「ちょっと浜まで行ってみるか」

「うん、行きたい！」

　私たちはそろりそろりと下に降り、玄関にまわった。が、すぐにお母さんに見つかってしまった。

「まさか、浜に行くんじゃないでしょうね」

「………………」

「だめよ、波が高くて危ないでしょ」

「……だいじょうぶ」

「さえっ」

「おれがいっしょに行くから」

「お父さんっ」

「だいじょうぶだよ」

お母さんはムッとして、長靴を履いているお父さんの背中をにらんだけど、お父さんはこっそり私にウインクして、変な顔で舌を出したり引っこめたりするから、私は笑いをこらえるのに必死だった。

外は生ぬるい風が大きく吹いていて、うちのところまで潮の匂いが強くたちこめていた。私は風に直接当たらないように、お父さんの後ろについて慎重に歩いた。お父さんの後ろ姿。なんだか初めてこんなふうに、じっくりと見た気がする。

昼間、スーパーで見た田中コーチとはまたちがう。でもお父さんもひとりでスーパーに買い物に行けば、あんな感じに見えるのかもしれない。ありえないけど。

お父さんはひとりで買い物なんて絶対行かない。自分が何か欲しい物があって、どうしても行かなくちゃならないときは、私を呼ぶ。お呼びがかかった私は、たいていいっしょについていく。お父さんはお母さんとちがって、勝手に買い物カゴにお菓子を入れても怒らないから、こっちとしても都合がいいのだ。

うちのお父さんはちっとも気がきかないし、子どもみたいだし、ビールが大好きだし、会社から帰ってきても寝転んでテレビを観ているだけで、日曜だってどこにも連れていってくれないけど、私とは少しばかり気が合う。お父さんと私の好きなものは、だいたい似ている。

お祭り、花火大会、練乳のかき氷、たこ焼き器、サワガニ、ザリガニ、ホースでの水まき、自転車の二人乗り、朝焼け、夕焼け、満月、星空、ワンカップの内側に貼ってある風景写真、さきいか、水栽培《みずさいばい》する球根、花札、川原、海の家、山の稜《りょう》線《せん》、土の匂い、アメリカンドッグ、トンボの羽、いちご狩り、水そうの中の金魚、冬に食べるアイスクリーム、こたつ、歌舞伎揚《かぶきあ》げ、お線香の匂い。

そんなお気に入りのものたちが、私たちのそばにあるときは、二人で共犯者みたいにたのしい気持ちになって、手を組んで悪だくみをする。ふだんはほとんど話もしないし、まったく気にかけてもいないけど、そういった好きなものたちが近づいてくると、とたんに二人は目配せをして愉快な方法でそれらをたのしむ。

もちろんリスクはある。ザリガニ取りの途中、川原の草むらの中を行進しているときに、私は野バラのとげでももをざっくり切ってしまった（二針縫った）し、喜び勇んで買いに行ったたこ焼き器は、一度も成功しないまま大ひんしゅくで戸棚にしまってある（同じくアイスクリーム器もだ。だけどそれを戸棚の奥で見つけたりすると、私たちはにわかにワクワクしてしまい、お互いを呼んで満足し合う）。寒い時期、水まきの虹に夢中になりびしょぬれになってひどい風邪をひいたり、お父さんの自転車の後ろに乗っているときに、飛び出した膝を電信柱に強くぶつけて病院に行ったりで、そのつど私たちはお母さんにこっぴどくしかられて、お姉ちゃんには白い目で見られる。

でもいいのだ。好きな何かを共有できることは幸せだ。

ゴロゴロ、ドドーン。

「うわ、また光った」

「おお、こりゃ盛大だな」

一瞬の青いフラッシュは目が痛くなるほど明るくて、たちまち沖の波の様子まで手にとるようにわかってしまう。お母さんが言ったように波が高い。

「ねえお父さん、雷《かみなり》って、ピカッて光って少し間を置いてから、ドーンッて音が鳴るんだね。それってもしかして花火と同じ？　浜の花火大会のときも、花が咲いて少したってから音が響くじゃん」

「おお、そう言われてみるとそうだな」

お父さんは豪快《ごうかい》に笑いながら、愉快そうに言った。当然なのだろうけど、海岸に来ているのは私たちだけだ。

「うわ、すごい！」

レモン色の稲妻が三本、水平線からクモの巣みたいに広がった。絵で見る稲妻とぜんぜんちがう。ただの一本のギザギザじゃない。細かく枝分かれしていたり、Y

の字とかお尻を逆さに見たような山ふたつの形が光ったりする。まるで地球を覆っている蚊帳《かや》（国語の教科書に出てきた）みたいだ。

「ここにいると線香花火の火花に囲まれてるみたいだな」

なるほど。うまいことを言う。さすが気の合う同士だ。

水平線にはもくもくとした雲がたんまりとかかっていて、その裏側では強いフラッシュが何度も光って、夜空の雲の陰影《いんえい》をくっきりと浮かびあがらせる。瞳には光の残像が残り、ものすごいスピードで海面を渡る金色のかたまりが見えたりする。空は、浜辺まで見にきた二人のために、気前よく稲妻を放出し、ふんだんに雷をとどろかせた。

私たちはそのあと一時間ほど空を見あげてから、なごり惜しかったけどお母さんの雷が落ちる前に、すごすごと家に帰った。

ポートボールの練習は、二学期になってますますハードになっていった。やさおはオール木成に全エネルギーを注ぎこんでいるかのようで、すごくパワフルでギラギラしていて気持ち悪かった。だけど、たまに校内ですれちがうときなんてまるで別人で、背中を丸めておどおどしているのだ。

「すみませんでしたっ！」

有希ちゃんが大きな声でそう言って、体育館に入ってきた。私はとっさに時計を見る。三十分の遅刻だ。

「なぜ遅れた？」

やさおが目を輝かせて、有希ちゃんに言った。みんながいっせいに注目する。いやな予感がする。

こないだやった他校との練習試合（去年の準優勝チームだ）で、そこのコーチだか先生だかは、すごいスパルタ（というより暴力的）で、ちょっとのミスでも大げさにどなりちらして、チェンジコート時にはミスをした生徒のお尻にけりを入れ、全員の頬に順番に平手打ちをした。

私たちはみんな唖然《あぜん》としてしまい、直人先生も目を丸くして驚いていた。ただ、やさおだけがしずかにその様子をじっと見つめていた。

「すみませんでしたっ」

有希ちゃんは、これがまさしく頭を下げるというお手本、もしくは兵隊さんのように、きっちりとてもきれいなフォームで、やさおに謝《あやま》った。

「すみませんでしたっ」

三回目の「すみませんでしたっ」を、有希ちゃんは頭を下げたままの姿勢で、大きな声ではっきりと言った。

「顔を上げろ」

私はこのときのやさおの顔を見て吐き気がした。怒ったふりをしながら、うれしさをかみしめている。最低最悪の顔。なんでこんなやつが先生なんだろう。

「よし、歯を食いしばれ」

「はいっ」

バシッ。

「ありがとうございましたっ」

「よし、これからは気をつけろ。ほら、みんなもいっしょにランニング十周だ」

狭い体育館を走りながら、私はなぜだか涙が止まらなかった。ばかみたいだ。有希ちゃんは何事もなかったように、しっかりといつもどおりにさっそうと走っているというのに、関係のない私が泣いているのだ。

そんな私をみどりちゃんが心配そうに見ていたけど、どうしても涙は止まらなかった。しゃくりあげながら走っていたせいか、呼吸が苦しくてむせた。

それからの練習は、まったく最低だった。私はマンツーマンでの攻めの練習を直人先生とやらされたけれど、自分の意志ではどうしても涙腺《るいせん》の調節ができずに、延々と涙を流し続けていた。直人先生は困った顔で私を見ていた。

「さえちゃん、今日どうしたの」

帰り道、みどりちゃんが言いにくそうに、心配そうにきいてきた。私の目はすっかりはれて、二重《ふたえ》の幅が異様に広がってしまい、変な顔になっている。

「……うん、なんかさ」

涙はようやく止まったけど、私の心はすっかりかれてカサカサだった。

「有希ちゃんがやさおに『ありがとうございました』って言ったでしょ。あんなにきちんと何度も謝ったのに、それなのにぶたれて『ありがとうございました』なんて言うんだもん……」

自分でもなんで泣いたのかわからなかった。ただ有希ちゃんの、あの毅然《きぜん》とした態度を見たらひどく泣けてしまったのだ。有希ちゃんはちゃんと謝ったのに。三回もやさおに謝ったのに……。そんなにいい子になる必要なんてないのに、どうして『ありがとうございます』なんて言うの？　ありがとうって、そんなときに使うんじゃない……。

私は今ごろになってようやく「はずかしい」と思いはじめていた。せっかくの直人先生との練習だったのに、目を真っ赤にさせて鼻水をたらしながらボールを追っていたのだ。直人先生はいったいなんて思っただろう。きっと、練習がきつくて泣いたと思ったにちがいない。あそこにいたみんなも絶対にそう思ったはずだ。やだやだ、ちがうのに。ぜんぜんちがうのに……。私はなんだかひどくみじめな気分だった。

九月半ばに金谷の包帯が取れ、またキャプテンとして練習に加わるようになった。ひと月以上も練習を休んでいたなんて信じられないくらいに、けがをする前と変わらない動きで、やさおを喜ばせた。

私は一応レギュラーに入っていたけど、心はほころびだらけだった。何がなんだかよくわからないうちに練習が始まり、ボールを無意識に追っているうちに日が暮れて、そしてのろのろと家に帰っていった。

「おれの好きな女の子ベストスリー」

社会の時間、西田がニヤニヤしながら小声で言って、私に丸めたメモをまわしてきた。ムコーヤマは「大化の改新」について話しながら、黒板に何やらせっせと書きこんでいる。

私はくしゃくしゃのメモを机の下でこっそりと広げ、中身を見た。

第一位……瀬川加奈子

第二位……上田早苗

第三位……

第三位が書いてない。私は口だけ動かして、

「さ・ん・い・は？」

ときいた。西田は憮然《ぶぜん》とした態度で、いすの下で小さく私を指差した。と、そのときだ。

「鈴木。その紙をこっちによこせ」

気がつかないうちにムコーヤマが目の前にいて、私は驚くよりも先に、メモを固

く握りしめた。

「こっちに貸しなさい」

ムコーヤマは、私の手から無理やりメモを奪い取ろうとした。

「いやです」

「鈴木」

「いやです」

私は固く閉じた右手の上に左手を重ね、いすを後ろに引いて上体を倒し、グーにした手を膝の間に入れ、力をこめた。

「鈴木！」

私は絶対にメモを渡せなかった。ムコーヤマが目の前に来たときに、思わず見た西田の顔はすごく緊張していて、そしていちばん前の席のカナちゃんを一瞬だけどはっきりと見た。それを見てしまった私は、どんなことがあってもこのメモを渡せない。西田にとって、第一位と第二位の差はとてつもなく大きいのだ。

家の机のカギがかかる二番目の引き出しには、直人先生の写真がひっそりとすみれ色の封筒に入っている。修学旅行先の日光から帰る電車の中で、直人先生の隣に座っていたムコーヤマを撮《と》るふりをして、眠っている直人先生をこっそりと盗み撮りしたのだ。その写真のことはだれにも言ってないし、もちろんだれにも見せてない。だから西田のカナちゃんへの想いを、今ここでみんなにばらしてしまってはいけないのだ、絶対に。

フーッとため息をついて、ムコーヤマはメモを取るのをあきらめた。

その瞬間、私は急いで汗で湿った手の中のメモをビリビリに破いた。ムコーヤマは、もう一度大きなため息をつき、あきれたように「二度とするな」と言って教壇に戻っていった。

西田は心底ほっとした様子で、大きく胸をなでおろしてから、

「悪いな」

とつぶやいた。

私は緊張の糸がふっと切れた脱力感で呆然としてしまい、息を整えるのが精いっぱいだった。

毎週日曜日の午前中、お母さんは腰痛《ようつう》のための水泳教室に通っている。おばあち

ゃんの介護で腰を痛めてしまったらしい。今日はポートボールの練習が休み（どうやら、やさおが風邪をひいたみたいだ）だから、私もいっしょについていった。

日曜日は、会員以外にもコースを開放している。午前中ということで人はかなり少なかったし、子どもと呼ばれる人は私以外だれもいなかった。

プールサイドで準備体操をしているおばさんたち（おじさんもいた）を見ながら、ふと思った。気持ち悪くない。ぜんぜん平気。いっぱい白くて太い足が並んでいるけど、あの水泳大会のときのように、くらくらするめまいのような、得体の知れない不快な感じはわきあがってこない。

私は呼吸を整え、ゆっくりと大きく息を吸ってから、ぶくぶくと体を沈めた。ああ、水中の世界。なつかしい感じ。なんだかずっと待っていた気さえする。

私は待ちきれないで壁をけった。水に浮いた瞬間に、身体のどこか奥のほうから、ふわーっと新鮮な粒が全身に行きわたるのが感じられる。なんて気持ちいいんだろう。あせる気持ちをおさえて、わざとゆっくりとクロールで泳ぐ。

水の抵抗を最小限にして、身体を自然に水にまかせる。バタ足はほんのちょっとだけ。腕をやわらかくまわして水面にそっと落とすと、川面《かわも》をゆっくりと流れてゆく笹の舟のように、ちょうどよく水に乗ることができる。ゴーグルの中からあたりを見まわす。自分の手が地上、水面、水中の順に降りてくる。そして私は「水面の世界」の存在を強く感じるのだ。水面の世界を通るとき、私の手は不思議な形になる。奇妙な具合に折れ曲がって、それはまるで空から降ってくる光線のようで、私はなんだか人間から解き放たれたような気分になるのだ。

光線になった手が水中に入ると、今度はそれが魔法使いの手になって、指先からは美しい泡がシュルシュルとあふれ出る。私は泳ぎながら自分の手に見とれる。腕がひとまわりして地上の世界に出てしまうとき、とても残念に思う。もっと見ていたいのに、もったいないなと思う。そして私は、次に降りてくる手を心待ちにする。

心地よく泳ぐとき、それはとてもぜいたくな時間だ。心が落ちついていると、水面の世界はよりよく見える。私が作り出す波にゆらゆらと漂う水面の世界。その場所は、あまりにもあいまいであまりにも神秘的だ。ほんの一瞬の水面の世界。私はゆがんだ小魚になって、水面の世界の成り立ちを確かめたいと思う。

金谷は骨折していたとは思えない動きで、ボールを追いかける。来週の日曜日、隣の柳瀬《やなせ》小学校との練習試合がある。柳瀬小は去年の優勝校だから強敵だ。この練習試合の結果で木成小の実力がわかるから、自然と練習にも熱が入る。

有希ちゃんの元気なかけ声がコートに響く。カナちゃんの長い足がコートをかける。私もみんなの熱気に負けないように、とりあえずがんばってみる。でも、なんとなくだるいのだ。自分が動こうとする一秒あとに身体がようやくついてくる、といった具合なのだ。

「さえちゃん、足痛いの？」

みどりちゃんが、私の右足を見ながら言った。

「えっ」

ああ、そういえば痛い。右のすねのあたりが少しはれているような気もする。私はみどりちゃんの目のよさに感心してしまう。

「うん、だいじょうぶだよ」

みどりちゃんはファイトォと冗談ぽく言って、私の肩を軽くたたいた。

足は、気にしだしたとたんに痛さを増したようで、次の日、お母さんといっしょに近くの整形外科に行くことになった。

「えー、骨膜炎《こつまくえん》ですな。急に激しい運動か何か始めたかな。えー、このままのペースで右足を使うとですな、骨折にいたることもありますなあ。えー、ちょっとばかし、運動は控《ひか》えたほうがいいですなあ」

レントゲン写真を見ながら、おじいさん先生は言った。

私の右足のすね部分は湿布を貼られただけだったけど、若い看護師さんが「サービスね」と言って包帯を巻いてくれた。私はうれしくなって、将来先生になるのをやめて、看護師さんになろうかな、なんてちょっぴり本気で思った。

でも、練習のときの包帯はまったく役に立たなかった。少し走っただけですぐにほどけて足元にまとわりついてしまうのだ。結局湿布を紙テープでとめた上に、伸び縮みする網《あみ》のネットをかぶせた。

やさおと直人先生に、その足どうした、ときかれたけど、おじいさん先生に言われたことは話さなかった。でも私の頭のどこかには「運動を控えたほうがいい」

「骨が折れるかも」というおじいさん先生の呪文《じゅもん》のような言葉がこびりついていていた。私の動きは自分でもわかるほど右足をかばい、妙にぎこちなかった。

日曜日。木成小学校の体育館にオール柳瀬のみんなが集まった。きれいな水色のユニフォームは、平均身長の高い柳瀬チームをさらに大きく見せて、とても強そうで、私はちょっとだけあこがれた。


金谷は敵対心むき出しで、ウォーミングアップのランニングやストレッチのときなんて、のどが張りさけそうなほど大きな声を出していた。

「よーし、みんながんばれよ。この試合が勝負だからな！」

やさおが顔を引きつらせながら、めいっぱいはりきって言う。


整列。まずは、第一ゲームに出場する七名が整列する。その中には私も入っていた。私たち木成小はみんな真剣な面持《おもも》ちだ。柳瀬のほうは余裕たっぷりに見える。


審判の直人先生が首にさげた銀色の笛を吹いた。

「これから柳瀬小学校対木成小学校の練習試合を始めます。気をつけーっ、礼！」

「お願いしまーす！」

すごいや。金谷や有希ちゃん（そのほかのメンバーも）の全身には、すごいパワーがみなぎっていて、それは横にいる私にたくさんふりかかってきて、その細かく目に見えない粒子《りゅうし》は私を少し勇気づけ、そしておおよその部分でとまどわせた。だけど、みどりちゃんがエンドライン前の自分のポジションに行くときに、ちいさな、ほんとにちいさな声で、

「がんばろ」

と言って、いつものまんまる笑顔でウインクまでしてくれたから、私の心はだいぶ落ちついた。

ピーッ。試合開始。

柳瀬はやはりうまい。ボールさばきが驚くほど速いのだ。さすがミニバスケを子ども会でやっているだけのことはある。低いドリブルに、目線をそらしたフェイント。高さのあるガードブロックに執拗《しつよう》なマーク。

私にも、ばかみたいにしつこくマークをしている子がいる。私と同じ背番号16。でもなんか変だ。ボールを追わないで、私の顔だけを見てマークしている。何よ、気分悪い。

私はなるべく気にしないようにして、16番をかわす。試合をしているときは、不思議と足が痛くない。足に湿布を貼っていることさえ忘れてしまう。ただ、ひたすらポートボールをしている。そう、まさにそう。ぎりぎりひとりしか通れない一本道をだれかに追われて走っているように、私はただひたすらポートボールをしている。あと戻りできない、考える余裕もない、その道しかないから、それだけしか自分は選べないのだ。

16番は、かわしても無視しても、本当にべったりと向かい合いながらマークをしてきて、私をあらゆる面で消耗《しょうもう》させた。

第一ゲームは、三ゴール差で柳瀬がリードした。そのあと私は、カナちゃんと選手交代をして、第二ゲームはコートの外で体育座りをして試合をじっと見ていた。じっとしていたら、また足が痛み出したような気がした。

5　星座の夢

十月が近づくと、校内は秋の運動会の準備で忙しくなり、全校での行進練習や学年別組ごとでの看板作りなど、特別な授業が増えていった。

学年単位での練習も盛んになり、今日は組み体操と入場行進の練習だ。組み体操は、真剣に取り組まないと本当に大けがをしてしまうので、ムコーヤマは最初から最後までどなりっぱなしで、もちろん私も何度か名指しで怒られた。

だけど最低なのは、今やっている行進練習だ。私の頭はもうすでにくらくらしている。何百本もの足がひしめいて、同じ動作で動いている。胸がもやもやして、地面が大きくなったり小さくなったりする。そんな状態でも、湿布をしている右足は踏みこむたびにズキンと音をたてて痛み、私は右足をかばうようにしてよろよろと歩いた。

「鈴木！　何やってんだ、きちんとしろ。おまえだけだぞ」

はっとして見ると、直人先生がものすごい顔でこっちをにらんでいた。

ああ、ああ、直人先生……。直人先生、助けてよ。足も痛いし、それに気分も悪いの。このたくさんの女の子の足見てよ。なんか、お腹の奥のほうがもあもあして、それがのどもとまでせりあがってくるの。頭がおかしくなるよ。助けてよ。

「ほら、鈴木。前見てしっかり行進しろ」

私の声は届かない。私は直人先生の顔をじっと見つめてから、歯を食いしばって行進を続けた。

こないだの柳瀬小との練習試合で、私は第三ゲームに再出場した。柳瀬と木成はとてもいい勝負で、得点も接近していた。金谷は声を張りあげながらドリブルをして、有希ちゃんは機敏《きびん》に敵のマークをかわしていた。

私は柳瀬の16番を無視して、ボールを追いかけた。ゴール前。16番のマークをすばやくかわして、目の前が一瞬開けたとき、有希ちゃんがバウンドボールでパスをよこした。私は一回だけボールをついてベストポジションに体の向きを変え、すばやくシュートをした。と、そのとき、柳瀬の16番がすごい勢いで横からジャンプしてきて、私の右肘に体当たりした。

ピピー。

「ファウルボール」

フリースロー。

私は定位置のラインに立つ。みんなが安心して見ているのがわかる。私はフリースローが得意だ。でも得意というよりは、みどりちゃんと息が合うからシュートがうまい具合に決まる、といったほうがいいかもしれない。

でもそのときはちがった。ボールを手にしたとたん、心臓に穴が開いてしまったかのように鼓動が一瞬止まってしまった。私は心を落ちつかせようと、ボールを二回ついてみる。だけど、まるっきりだめだった。私は瀕死《ひんし》の子猫みたいに、かろうじて息をするのが精いっぱいだった。

膝が震えていたし、みどりちゃんと目を合わせられなかった。怖いと思った。柳瀬小のはたきが、すごく怖くて足がすくんでどうにもならなかった。逃げ出したいと本気で願った。

それでも、だいじょうぶだと無理やり自分に言いきかせて、シュートをした。はたきの手が届かないように、高く高く遠くに放った。

ボールははたきのジャンプを軽く越えて、台の上のみどりちゃんの精いっぱいのジャンプも簡単に越えて、そのまま後ろの壁にぶつかって、四回バウンドしてからごろんごろんと転がって戻ってきた。

みんながびっくりしているのが見ないでもわかった。そんな大ホームランシュートをフリースローでやってしまうなんて。あんなに毎日、フリースローの練習をしているのに。いつもは、ほぼ百パーセントの確率で成功しているのに……。

あともう一回、最後のチャンス。みどりちゃんが、私のことを不安げに見ている。どうしよう、またきっと失敗する。こんなに怖いのだ。柳瀬小のはたきがジャンプして、シュートしたボールに少しでも手がかかったら、指先がかすかにでも触れてしまったら……怖い。だめだ、できない、きっと失敗する。

ピーッ。

笛の音にびくっとして我に返り、フリースローラインに立つ。みどりちゃんが、だいじょうぶだよというふうに目で合図する。

シュート。

ボールは高く大きく弧を描いて、みどりちゃんの必死のジャンプにほんの少し指先をかすめたけど、それはただ、みどりちゃんのバランスをくずし、台から落ちるのを手伝わせただけだった。

怖い。怖かった。あのときは、本当にあのはたきが無条件で怖かったのだ。結局、柳瀬との練習試合は、二点差で負けてしまった。つまり、私のミスのせいということだ。

試合後、みどりちゃんが「どうしちゃったの」と、少し（ほんの少しだけど）とがめるようにきいてきたけど、私は何も答えることができなかった。

直人先生はどう思っただろう。あの試合が終わってから、右足の痛みはひどくなり、それに比例するように私からは「やる気」が徐々になくなっていった。

今、行進で直人先生に怒られたけど、別にどうでもいい。ううん、本当はどうでもよくないんだけど、だってもう、そう思うしかない。

「これ、すいちゃんのじゃない？」

カナちゃんがピンクの下じきをひらひらさせて、休み時間に私の席に来た。

「そうそう、すいちゃんのだよ。下じきがなくなったって言ってた。どこにあったの」

「なんと、山下の机の中」

「山下の？　なんでだろ」

「『瀬川、これ君の？』だって。すいちゃんの名前が書いてあるのに、ばっかみたい」

お気の毒だけど、カナちゃんの隣は山下なのだ。

「どうせリエたちでしょ。しょうがないやつら」

カナちゃんはどうでもいいようにそう言って、すいちゃんの机の上に下じきをすっと置いた。

「おい、瀬川。おまえの兄ちゃん、何部？」

西田がわざと真剣そうな表情で、カナちゃんに話しかけてきた。

「どっちの兄貴？」

「両方」

「おっきい兄貴は陸上部で、ちい兄《にい》はサッカー部」

「ふーん、サッカーかぁ、おれもサッカーにしようかな」

カナちゃんは、フンという感じに口の端《はし》を持ちあげただけで、すぐに私のほうに向き直って別の話をしはじめた。西田が何か言いたげな表情で、うらめしそうにこちらを見ている。

「カナちゃんは中学生になったら何部に入ろうと思ってるの？」

私の質問に西田はパッと目を輝かせ、また話の輪に入ってきた。しかたない。ベストワンをきいてしまったからには、そうしないわけにはいかないだろう。

「うーん、何かなあ、テニスなんてかっこいいかもね。さえちゃんは？」

「まだぜんぜん考えてないや」

「さえちゃんのお姉ちゃんは、何部だったの？」

「お姉ちゃんは、ブラスバンド」

「ブラバンかあ、おれもトランペットとかやってみたい」

「西田がトランペット？　似合わねー」

カナちゃんはそう言いながらお腹を抱えて笑って、西田は「なんでだよお」と言いつつ、とてもうれしそうだった。

本当はバスケ部に入ろうと思っていた。ポートボールが好きだったから、ずっとそう決めていた。でも、今はわからない。なんにもわからない。

「ああ、それ、見つかったから置いといたよ」

席に戻ってきて、机の上の下じきを不思議そうに眺めているすいちゃんに、カナちゃんが言った。すいちゃんは、ちらっと西田の顔を見てから「ありがと」と蚊の鳴くような声で、カナちゃんに言った。

すいちゃんは、西田のことが大好きなのだ。見てればすぐにわかる。西田の好きな子はカナちゃんで、すいちゃんの好きな人は西田。そして私は直人先生。カナちゃんは、そんなもんいるわけないでしょ、と前に言っていた。

だれかを好きになるということは痛いことだ。四年生のときに感じた好きという気持ちとは、今はもうぜんぜんちがう。人を好きになると痛いのだ。痛みを伴って、好きな人を想う。

今では直人先生を想うと悲しくなる。ちょっと前までは、鼓動がどきどきして胸がじわじわと熱くなって、それは自分にとって心地いい痛みだった。でも今では、悲しくはかないやりきれないような痛みに変わってしまった。

私は、藍色の深い森に迷いこんでしまい、出口が見つからずに途方に暮れている一匹のアオガエルのような気分だった。

「アロエ、アロエー」

屋根の上に寝そべっているアロエは、声のするほうをちらっと見るだけで、降りてくる気配がない。何よ、アロエのやつ。

今日のポートボールの練習は休んでしまった。やさおには病院へ行くと言ったけど、そんなのうそだ。行きたくなかっただけだ。私はすっかり怖くなってしまった。弱虫になってしまった。

みぃー。アロエがいつのまにか降りてきて、私のすねにおでこをぐいぐいと押しつけた。

「いいなあ、アロエは。毎日何してるの？」

しゃがんであごの下をなでてあげると、アロエは気持ちよさそうに、なおおん、なおんと目を細めた。

「ねえ、アロエ。私って何かになれると思う？」

なああごなあご、ぐるぐるぐる、ぐるぐるぐる。

まったく、いやんなっちゃうくらい幸せそうだ。私はアロエを膝に抱えて空を見あげる。水色の空に葉っぱの形をした雲がみっつ仲よく並んでいる。

はあーっ。わざと大きくため息をついてみる。そのマンガの吹き出しのようなため息は、膝の上にあるちいさな頭にかかったらしく、アロエはうるさそうに顔を上げてから、すばやく逃げていってしまった。

空を見あげると、いつのまにか真ん中にあった葉っぱ雲は左右に流れ出ていて、両隣の形のよい葉っぱを侵食《しんしょく》しはじめていた。ふーう。空に向かって吐いた息は、私の前髪をかすかに散らせた。

おまえは何にもなれやしない。何者にもなれやしないのだ。

頭の奥底でだれかが何度もそうくりかえしていた。

トイレは、一組の教室の前を通り過ぎたところの右手にある。ちょっと前まではトイレに行くときでさえドキドキした。直人先生の姿を目の端で確認するだけでうれしかったし、教室から直人先生の声がきこえてくるだけで胸の鼓動が速くなり、同時に自分が一組の生徒でないことがこころもとなく、大きなまちがいのようにも感じた。

だから無理にでも、みどりちゃんに用事があるようなふりをして教室をのぞいたり、ときには中に入ったりもした。そして直人先生が私に気づいてくれるように、わざと大きな声を出してはしゃいだり笑ったりもした。

なのに今は、とてもじゃないけどそんなことできない。もう、ちがってしまった。遠くなってしまった。つい最近までの無邪気《むじゃき》な子どものふりは、もうできない。

私は急いで一組の前を通り過ぎる。何事もないように、だれも私に気がつきませんように。

「おーい、鈴木。ちょっと今いいかあ？」

「え」

直人先生だ……。私の鼓動は上に行ったり下に行ったりする間もなく、ただ硬直《こうちょく》した。

「トイレ行ったあとでもいいぞ」

直人先生は、私の大好きな顔をしてそう言った。細い目をわざと丸くして、口元をドナルドダックみたいにとんがらせて、その下にみっつ（右にひとつ、左にふたつ）えくぼを作るのだ。

「今でいいです」

私はふだんどおりのしゃべりに成功し、心の中でほっとしていた。いっしょにいた友達は、先に行ってるねとトイレに向かった。直人先生は、廊下の窓際に私をうながした。

「足はだいじょうぶか」

やさしく言われて、私はちいさくうなずく。

「ほら、練習を三日続けて休んだろ。どうしたのかなと思ってさ。大沼も心配してたぞ。何かあったのか」

私はどこを見ていいのかわからなくて、しかたなく窓についただれかの手形を眺めていた。

「ん、どうした？」

理由なんてない。説明なんてできない。私は気づかれないように、下唇《したくちびる》の内側を思いっきりかんだ。何かひとことでも言葉を発すると泣いてしまいそうだった。

「別に……今日から行きます」

精いっぱいだ。これだけでも言えた自分に、私は心の中で拍手を送った。

「ん、そうか。なんか元気ないぞ」

「だいじょうぶ」

拍手かっさいだ。私は、涙を笑顔に変えることもできるのだ。

じゃあ、と言って私はトイレにかけこんだ。手洗い場のところで、あ、さえちゃんという声がしたけど、私はそのまま中に入りバタンとドアを閉めた。ドアを閉めて、中から、

「ごめーん、先行っていいよお」

と間延びした声で友達に伝えた。すごい、私は涙をこらえてまぬけなふりもできるのだ。

涙はひとつ頰にこぼれると、あとはわき水のように次から次へと流れ出て、それは歯を食いしばってきつく閉じている口の中にもいつのまにか入ってきて、そのあ

たたかな液体は、私に泣いているという事実を実感させて、さらに次の涙を誘った。

私はなんでこんなところで泣いているのだろう。なんで泣いているのかわからない。何も悲しいことなんてないのに。私の目からは、理由のない涙が流れ続けていた。

たった三日休んだだけなのに、オール木成の雰囲気は前とぜんぜんちがう。みんなのレベルもぐんとアップしたように思う。

ううん、そうじゃない。みんなのレベルがアップしたんじゃなくて、私が下手くそになったのだ。右足のせいにするつもりはない。そんなのぜんぜん関係ない。

「どうだ、調子は」

直人先生がさりげなく声をかけてきた。直人先生が親戚のお兄ちゃんだったらなあ、と場ちがいなことを思う。いたわりの笑顔。直人先生にそんな顔をさせてしまうほど、私はまいっているのかと思う。直人先生の形のいい耳たぶを見ながら、

……ん、とあいまいに答える。

「よし、がんばろ」

直人先生の大きな手が私の背中をポンと押した。


運動会の練習じゃない体育はたのしい。今日はムコーヤマの手抜き（？）で「ながなわ」だ。去年、学年でのながなわ大会があって、私たちは昼休みを返上してまで練習をし、みごとに優勝した。あのときはすごくうれしかった。団結という言葉がぴったりだった。

「おお、久しぶりのながなわじゃん」

西田が、カナちゃんとしゃべっている私の横でしらじらしく大きな声を出す。まったく世話が焼ける。恋をしてる人って、はたから見るとまったくおろかだ。でも、本人はそのことに気がつかない。

「ほんと、久しぶりだよね。もう跳び方忘れちゃったかも」

恋に協力する友人というのも、おそろしくばかげている。

「さえちゃん、足平気なの？　力入れると痛いんでしょ」

「うん、私はなわをまわす係やるから」

いいち、にいい、さあん、しいい、みんなでかけ声をかけながら順番に跳んでゆく。

にじゅうご、にじゅうろく、にじゅうしち、にじゅうはち、にじゅうく、さあんじゅ……タメオがうまくなわに入れずに、二十九で中断。絶望的な顔でタメオがあたりを見まわす。そのとき、片山が、

「練習練習」

と小さな声で、タメオをはげますのを耳にした。私の心のひだが、ほんのりと熱を持った気がした。

今まで男の子っていうのは、てんでガキでわざと好きな女の子にいじわるをしたり、自分より弱いクラスメートをばかにしたりするだけの、どうしようもない生き物だと思っていたけど、最近ちょっとずつ変わってきている。

私の知らないうちに、いつのまにか変わっているなんてずるいと思った。夏休みに見たセミの幼虫が朝には成虫になっているように、それはとてもひっそりとおごそかに行われているみたいだ。

やんちゃな姿に見えかくれする、ストレートな素直さが胸に響く。男の子の素直

さというのは、いじらしさに直結している。まっすぐな気持ちをかいま見てしまうと、逆にこっちがやさしい気分になって、守ってあげたくなってしまうのだ。

私は、片山の細すぎる背中や角ばった足を見る。十二歳。大人の途中の子ども。まるで、心と身体がちぐはぐだ。子どものふりをしているくせに、心はとっても紳士的だ。

ながなわの輪が、ひゅんひゅん空気と地面をたたく。なわの動きを目で追っていると、私は永遠にながなわをまわし続けなければならないような感覚に陥《おちい》ってしまう。小さいころに見た絵本の中の、天を支えている巨人のように、私は永遠になわをまわし続けなければならないのだ。そうしないと世界が崩《くず》れてしまう。

私は強い使命感を持ってなわをまわし続ける。肩が痛いなんて言っていられない。私の肩よりも腕よりも、もっと高貴で大事なものを守っているのだ。

「きゃっ」

タメオが引っかけたなわに、美香がつまずいた。タメオは、転んだままの姿勢で倒れている。

「井上、だいじょうぶか」

遠くで見ていたムコーヤマが走ってきた。

キャー。美香が黄色い声をあげた。何事かと思ってよく見ると、タメオの顔は血まみれになっていた。あまりの驚きにみんなは声も出ない。

「ちょっと、だいじょうぶ?」

急いでかけ寄った私を、タメオがすがるような目で見つめた。あごのところから、血がしたたっている。すごい量だ。ムコーヤマが静かに手早くタメオの頭を抱えて膝に乗せた。

「だれか、タオルかハンカチ持ってないか!」

体育の授業中でみんな体操着なんだから、だれも持っているわけがない。

「これ! これ……いいよ。洗ってあるし赤だから目立たないし」

慌てた私は、胸ポケットに六角形にたたんであった赤のはちまきを取り出した。ムコーヤマは一瞬、子犬のような目をして(それはとても不釣《ふつ》り合《あ》いだったけど)私を見てから、すばやく受け取ってタメオのあごに当てた。

「保健の先生呼んでくる」

西田がそう言って走り出すと、つられたように二、三人の男子もあとを追って、保健室にかけていった。

私の赤色のはちまきは、みるみるうちに黒く染まっていった。


最近、同じ夢をよく見る。

星座の夢だ。うちの庭から私は空を見あげている。時間はわからない。夜でもないし昼でもない、明け方でもないし夕方でもない。なんていうのか、外は不思議な明るさだ。夜が必死に昼のまねをしているような（お葬式のあとにはしゃぎすぎているような）そんな切ないような藍色で、しかも空の位置がとても低くて今にも手が届きそうだ。

満天の星空は、ギリシャ神話に出てくる登場人物のように、すべての星が線で結ばれて、それぞれかたち造られている。

ハープを持った女の人や、下半身が馬になっているケンタウルス、長い毛に覆われた一角獣《いっかくじゅう》や、弓を引いている男の人、さそりや羊やカニまでいる。記憶の中のあらゆる星座を総動員させて、空に貼りつけてしまったらしい。

私はひとりで空を見ている。今にも動き出しそうな星座たちは、隣のうちの屋根についてしまいそうなくらい、すぐそばにある。私は家の中に入って、みんなに教えてあげたい気持ちになる。でも、家の中にはだれもいないことを知っている。

みんなどこに行ってしまったのだろう。この星座を教えてくれたのは、たしかお姉ちゃんかお父さんだったはずなのに。でも今はもうだれもいない。うちの家族だけじゃなく、世界中の人はもういないのだ。残ったのは私だけ、世界にたったひとりだけだ。

だけど、あまり悲しくはない。最初からこうだったのだと思える。そもそもだれもいなかったのだ。初めからひとりだったはずなのだ。

それなのに私の頭の中には、親しい人たちのなつかしい余韻《よいん》がかすかに残っていて、ときおり胸をきゅんとさせるのだった。


朝起きるのは当然だ。夜になると眠くなるように。

毎朝七時に、お母さんが起こしてくれる。六年になってから、私はひとりで寝るようになった。去年まではお姉ちゃんと同じ部屋だったけど、お姉ちゃんが高校生になってから、別々の部屋になった。

私は今まで、朝起きることについて考えたことなんかなかった。だけど今は、朝起きるのがすごくつらい。それは、まだ寝ていたくて布団から出るのがいやだというのではない。だって証拠に、六時五十分には必ず目が覚めている。この六時五十分から七時までの十分間というのは、一時間のような気もするし、一分くらいのような気もする。

前みたいにお母さんが布団を引っぱがしてくれたらいいのに。そのほうが断然らくちんだった。朝の十分間で、私は今日起こりうる一から十まで考える。初めから最後までひととおり想像してみる。そして脱力してしまうのだ。朝っぱらから。

今、朝の六時五十四分。私は布団の中でため息をついてしまう。そして、ため息をつくという行為を悲しく思ってしまい「どうにかしなければ」と子どもらしい素直さと純粋さで強く思うのだった。

木成小には登校班というものがあって、この辺に住んでいる子は七時五十分にヤオハチという八百屋さんの前に集合する。そこからみんなでそろって学校まで歩いていく。小さい子を真ん中にして、六年生はたいてい前と後ろにつくようになっている。

うちからヤオハチさんまではほんの三分くらいだけど、この三分間というのはとても貴重だ。この時間だけは私の自由な時間、世界でたったひとりの私だけの時間。私はほんのちょっとだけ早めに家を出て、ゆっくりと自分の時間をたのしむ。

小さく鼻歌をうたいながら、道の真ん中にある角が欠けた灰色の石を軽くける。こーん、こーん、石は思いどおりの方向には飛ばず、私は、左右に行ったり来たりして、ジグザグに石を追う。

こーん、こーん、かん、こーん、かん。

シュート。心の中でそう言って、側溝《そっこう》の穴に入れようとした。が、石はだれかのうちの塀《へい》にかつんとぶつかって、側溝の穴の上を勢いよく通り過ぎて、また道路の真ん中に戻ってしまった。

私はあーあ、と声に出して、そのままヤオハチさんに向かった。朝の空気はとてもきりっとしていて、それでいて濃度が濃い。鼻の穴を広げて新鮮な空気を思いきり吸いこむ。鼻の内側がしみるような感じ。

すぐ横の野ざらしの駐車場の脇にはセイタカアワダチソウが、これでもかっていうくらいわんさかと咲いている。あの角を左に曲がった三軒目にヤオハチさんがある。もう何人かは集まっていることだろう。

ゆっくり歩いていって、曲がり角で立ち止まる。そして、どうしようかと思うまもなく、私は今来た道を戻っていって、さっきけとばして道の真ん中に置き去りにした石を拾い、側溝の横っちょにそっとしずかに置いた。


今、女の子の間では「馬乗り」がはやっている。昼休みになるとすぐさま運動場に出て、いい場所を取る。

柱と呼ばれる子が階段横のコンクリートの壁に背中をつけて、同じグループの子が立っている柱の足の間に頭を入れて、馬になってどんどんつながってゆく。敵のグループが、馬になっている子の背中に次々と乗ってゆき、最後の子と柱がじゃんけんする。途中で馬が崩れたりしたらもちろん負けで、また再度馬側になってしまう。

馬乗りはすごくたのしい。首や頭や、柱になると股《また》が痛くなったりするけれど、とってもおもしろくて笑える。助走をつけて遠慮なしに力いっぱい馬に飛び乗って、みんなでわーわー騒ぐ。膝をすりむいたり、肩を打ちつけたりすることもよくある。

「いってー、だれだよ、思いっきり乗ったの」

お尻の下で、カナちゃんのくぐもった声がきこえる。

「イエーイ、わ・た・し」

大笑いしながら、ドンッともう一回お尻を持ちあげて反動をつける。

「やだー、さえちゃんやめてえー」

馬になっている子たちの苦しそうな声がきこえる。

ドシッ。私の次に乗ってきたのは、三組でいちばん背が高くて、きっと体重もいちばんあると思う巻田《まきた》さんだ。すごい振動。前にいる私までぐらついた。

「きゃー、イタイイタイ」

柱になっている子が、身をよじらせながら騒いだ。と、その瞬間、馬は一気に崩れた。落ちた私の下にはカナちゃんがぺったんこにつぶれていて、思わず笑ってしまった。

のどがかれてきたところでチャイムが鳴って、運動場にいた生徒は一気にがやがやと教室に向かう。私は膝の汚れをはたきながら、ふと空中シーソーを見る。二年生のときは毎日のように、綾《あや》ちゃんと夢中になっていろんな技《わざ》を練習した。逆さになったり裏がえしになったり。

そう、あれは二年生のときの話だ。三年で綾ちゃんとはクラスが分かれ、今、綾ちゃんは二組だ。もう遊ぶことはなくなった。廊下ですれちがっても何もない。まるで、お互いまったく知らない人みたいにすれちがう。

綾ちゃんと交互にぶら下がった、象のように大きかったシーソーは、今じゃ簡単に足が届いてしまう。ここにあったことさえ忘れてしまっていた。

「さえちゃん、早く」

カナちゃんが、げた箱のところで大きく手を振った。

五時間目の理科の時間、教科書の四十一ページ目、火山活動の項目でマグマの図が描いてある、その横にしるしを見つけた。日付は四月七日だ。

『さえへ。今は何月何日ですか？　今、何がたのしい？　今日は雨です。学校の前の桜も散っちゃうかもネ。えーっと、今、いちばん遠いなあと思うことは、クリスマスです！　クリスマスっていうのは、今度のお正月よりも遠い気がするよ。意味わかる？　わかるよね、自分だもん。これを見てるときはクリスマス近いですか？　教えてください。じゃあね』

自分あてのメモ。そうだ、覚えてる。書いた記憶がある。近い未来の自分にあてて書いた。四月に新しい教科書をもらったとき、名前を書いたついでにそっと教科書にメモ書きしたのだ。あのときは、十二月のクリスマスっていうのが、とてつもなくかけ離れたものに感じられた。今、その実感はないけど、確かに覚えている。

私はメモの下に、

『十月八日。今たのしいことは昼休みの馬乗りです！　クリスマスはまだだけど、プレゼント何がいいか考えてます』

とシャープペンで書いた。

それから私はさらに教科書をめくり、最後のページに新たにメモを書き足した。

『さえへ。今、何してますか？　何かになれましたか？　十月八日、鈴木さえ』

教科書の左上に小さくそう書いて、ふーっと息を吐き、静かに教科書を閉じた。

気が早いことに西田は中学生になったら、サッカー部に入ることに決めたらしい。カナちゃんの下のお兄ちゃんが今二年生だから、ちょうどいい（何がちょうどいいんだかわからないけど）と言っていた。

西田は近ごろ、やけに私に話しかけてくる。それはもちろんカナちゃんのことで、その件について、私はかなり信頼されているらしい。すいちゃんは、西田が私にばかり話しかけるのでちょっと気にしている。でも私にはどうすることもできない。

オール木成のレギュラーから、私ははずされた。当然だ。あの柳瀬小との練習試合から、私はシュートができなくなってしまった。すっかり臆病《おくびょう》になってしまった。

金谷や有希ちゃん、みどりちゃんにカナちゃんにあかねちゃんに聡子、みんな練習に力が入っている。やさおも直人先生も今まで以上に熱心に指導している。

右足は、最近だいぶよくなってきて、強く踏みこんでもあまり痛さを感じなくなっていた。

6　人間離《にんげんばな》れ

　運動会は、ばかばかしいくらいにあっというまに終わってしまった。去年まではすごくたのしみではりきって参加していたのに、今年は別にたいしたことないって感じだった。

　でも、組み体操も成功したし、カナちゃんが出場したクラス対抗四百メートルリレーでは、三組が一位だった。西田は、去年までやっていた男女のフォークダンスが、今年からなくなったということで、いまだに残念がっている。

「これを逃すと、おれはもう一生、小学校の運動会を見られないからな」

　と言って、当日は最初で最後のお父さんが来たけど、昼前に来てお弁当をいっしょに食べただけで、さっさと帰ってしまった。

　でも、校門付近に出ていた出店でニッキを買ってきてくれたから、私はすごく喜んだ。マッチ棒より細いニッキの根が、二十本くらい輪ゴムで束ねられているやつだ。

「運動会のときは必ずこれを食べるんだ。そうすると勝つ」

字を書くとき以外は左ききのお父さんはそう言って、左手でニッキをがりがりとかんだ。私も歯でごしごしとしごいて、土の香りのする、食べるとスーッとする皮をかじった。

お父さんと私の好きなものは、まだまだある。このニッキもそうだし、それとたとえば、おしろい花。おしろい花を見つけると、必ず種と花をつまんでしまう。お父さんは花のみつを吸い、私は落下傘《らっかさん》を作る。種はつぶして白い粉を手に塗る。これを塗ると手がつるつるになるぞ、とお父さんが言ったからだ。お父さんは葉っぱで笛を作るのも得意だ。手早く簡単にピーピーと景気よく葉っぱを鳴らす。

ほかに好きなものは、水族館、地球儀、ひまわり、雨にぬれた紅梅、グッピー、めだか、食虫植物、記念切手、コンソメ味のポテトチップス、味のり、マヨネーズごはん、お天気雨。

苦手なものも、ちょっと似ている。テレビの録画予約、酢《す》の物《もの》、大きなクモ、トカゲ、カレー風味のコロッケ、小さすぎる犬、足の長すぎる犬、豆入りおかき、お酒の入ったチョコレートなどなど。

そう。それと、運動会の前日にタメオのお母さんがうちに来て、新しい赤色のはちまきとさくらんぼの刺しゅうのついた白い靴下（私の趣味じゃないけど）をプレゼントしてくれた。タメオのあごの傷は、血のわりにたいしたことがなかったらしく、縫うこともなくすんだ。

何日かした後、登校班で歩いているときにタメオが下を向いたまま、ひとこと、

「アリガト」

と言ってきた。一瞬、なんのことかわからなかったけど、その三秒あとに理解して、そしたらなんだか心がほんのすこし丸くなった気がした。

「何それ？」

お姉ちゃんが台所のテーブルで真剣に本を読んでいる。私の声はまったくきこえてないようだ。

「お姉ちゃん」

大きな声で呼んだらようやく気がついて、ちょっと不機嫌そうに、なあに？　と眉を上げた。

「なんの本？」

お姉ちゃんは、表紙をさっとこっちに向けた。桃色の表紙には『心を癒《いや》す花言葉』と書いてある。

「花言葉？」

「そうよ、学校の図書室から借りてきたの。おもしろいのよ、これ。たとえばポインセチアはねえ、完全燃焼。クロッカスなんて、妖精のようにかわいいだって。笑っちゃうでしょ、さえも見たい？」

「うんっ」

花言葉の本を私に渡すと、お姉ちゃんはカバンから今度は別の本を取り出して、すぐさま夢中になっている。お姉ちゃんが今見ている本は『宝石の魔法』ってやつだ。きっと、誕生石とかその意味やら由来やらが、花言葉と同じように書かれているのだろう。カバンの中には、ほかにも似たような本がまだまだ入っているはずだ。図書室にあるすべての『なんとか言葉』本を借りてきたにちがいない。

お姉ちゃんは凝り性《こしょう》だ。ひとつ気になることがあると、そのまわりにある十個くらいの関係あるものや問題を徹底的に調べる。そしてさらにすごいことに、調べたことを忘れないで、いつまでもきっちりと覚えているのだ。ああ、まったく尊敬してしまう。私にはとうていまねできない。

お姉ちゃんの小学校のころの成績はいまいちで、通信簿を見比べても、私のほうがはるかにいい。だけどお姉ちゃんは、この地区でいちばん勉強のできる高校に入った。

つまり、そういうことだ。高校なんてまだ想像もつかないけど、私にはわかる。何にでも手を出してひととおり器用にやってみせるけど、飽きっぽくてみんな途中で投げ出してしまう私には、結局なんにも残らない。

私の頭に残っていることといえば、いつかの直人先生のつま先のゴムがはがれた体育館履きや、夏休みにみどりちゃんと海の上で指切りしたときの小指の輝き（太陽の光が、ぬれた小指をきらきらと反射させて宝石みたいだった）や、柳瀬小との練習試合での悪夢のようなフリースロー（なぜかこのときのことは、まるで自分のことをほかのだれかが上から見ているように、私がボールを持って緊張しているときの姿をありありと思い浮かべることができる）。

私はフリースローをしたときの自分の姿を無理やり頭から追い出して『心を癒す花ことば』に集中してみる。

へえ、このよく見かける花、小手毬《こでまり》っていう名前なんだ。なでしこって名前のわりにあんまりかわいくない。すずらんって、初恋っていう花言葉にぴったりじゃん。

見開きの左側に花の美しい写真が載《の》っていて、右側には花言葉とその花の持つ精神的身体的な癒し作用療法《さようりようほう》が書かれている。サンダーソニア、インパチェンス、アルストロメリア、はごろもジャスミン。初めてきいたむずかしい名前の花もたくさん載っている。ストロベリーキャンドルにクリスマスローズ、しゃこばサボテンにとけいそう。私の好きなひまわりの花言葉には「応援」と書いてある。うん、ぴったりだ。

「私が好きな花は、かすみそう。花言葉は満天の星」

お姉ちゃんが『宝石の魔法』に目を落としたまま言った。

「さえは、何が好き？」

ふいに顔を上げて、お姉ちゃんがきいてきた。ちょうどきりがよかったのだろう。私はページをめくってお気に入りの花を探してみた。

「あっ、これがかわいい」

「なんて花？」

「アネモネ、だって。名前もかわいい」

「ああ、アネモネね。花言葉はたしか……」

「明日に向かって！」

お姉ちゃんと同時に言ってしまい、二人で笑った。笑ったあと少し考えた。「明日に向かって」ということについて。でも、なんとも答えが出てこなくて、私はすぐにページを閉じたのだった。

「うわー、すごくかわいいー」

木下さんが、以前渡しておいたアロエの写真を見て絵を描いてきてくれた。

「これ本当にもらっていいの？」

「うん、もちろん」

「ありがとう、木下さん。大事にするね」

画用紙にいろんなポーズをしたアロエが、まんがチックにかわいく、でもそっくりに描いてある。お腹を丸出しにして寝転んでいるアロエに顔を洗っているアロエ。空に向かって鳴いているアロエに、ちょうちょと遊んでいるアロエ。木下さんに渡した写真は、普通に座っておすましている、ごくありきたりのものだったのに、どうしてこんなにたくさんのしぐさが描けてしまうのだろう。

「木下さんちも猫、飼ってるの？」

「ううん、うち団地だからだめなの。本当は飼いたいんだけど」

「ああ、そっかあ。ねえ、でもなんでこんなに猫のこと知ってるの？」

「ん？」

木下さんはよくやる癖らしく、すばやい瞬きを何回かしたあとに、目を大きく開けて眉を極端《きょくたん》に上げた。

「どうして猫を飼ってないのに、こんなにいっぱい猫のしぐさとかわかるの？」

木下さんはまた同じように瞬きをし、眉を上げて小さな目を見開いた。まるで、めずらしい動物でも発見したみたいに。

「うーん、なんでかなあ。知らないうちに覚えてるっていうか、なんとなく描けるっていうか……」

すごい。やっぱり天才だ。

「鈴木さんも絵が上手だから、きっとこういうの描けるよ」

木下さんが目を丸くさせたまま言った。

ううん、私には絶対描けない。目で見たままのものや風景を描くとか、頭の中で想像したものを自由に描くとかならなんとかできるけど、目の前にいなくて実在するものを、リアルに思い出して描くということは、絶対にできない。今、アロエの背中のトラ模様を描けと言われても、私は途方に暮れてしまうだろう、アロエと毎日遊んでいるのにもかかわらず。記憶力がとぼしいのだ。ほんと私って冴《さ》えない。

「あれ。これ、さえちゃんでしょ？」

後ろからカナちゃんが、私の肩にあごをのせて絵をのぞきこむようにして言った。

「うん、そうだよ」

そう言って、木下さんは画用紙の左下を指した。

私はちっとも気がつかなかった。女の子が描いてあるのは、もちろんわかっていたけど、それが自分だとは思わなかった。

「うん、似てるー。そっくりじゃん」

カナちゃんが私の顔をまじまじと見る。

なんだか驚いた。自分の顔ってこんなふうなんだっていうか、他人から見る自分の顔はこうなんだ、っていう新しい発見。軽い衝撃、ちょっとしたあきらめ、くすぐったいような変な気持ち。

それはまるで水たまりに石を投げたときのように、私の心にポンと飛びこんできて、静かに力強く幾重《いくえ》にも波紋《はもん》を広げた。

「ひゅう、かわいいーさえちゃん」

とカナちゃんが、学校で禁止されてる口笛をちょっとだけ吹いた。

画用紙の左下で笑ってピースサインをしている女の子は、かなりデフォルメされていて、大きすぎる目と大きすぎる口と大きすぎる耳を持っていたけど、とても愛らしく見えた。自分では、本当に似ているかどうかわからない。

「ねえ木下さん、あたしの似顔絵も描ける？」

カナちゃんがそう言ったとたんに、木下さんはノートにすらすらと簡単に、あっというまに描いた。やっぱり天才だ。

「ハイ」

木下さんがさっとノートを見せてくれた。

「うわ、そっくり」

と自分で言ったカナちゃんが続けて、

「そっくりだけどぜんぜんかわいくなーい」

と笑いながら叫んだ。

確かに、そこに描かれているのはカナちゃんだったけど、ちっともかわいくなかった。細い輪郭《りんかく》に短い髪、つんととんがった鼻にちょっとつりあがった目。

木下さんは、にこにこと満足そうに似顔絵を見ている。実物はこんなにきれいでかわいくておもしろいのに、絵になったカナちゃんはとても意地悪そうだ。だけど不思議と似ている。

木下さんから見た私とカナちゃん。きっと、木下さんじゃないほかのだれかが私たちの似顔絵を描いたら（たとえば西田とか）、またぜんぜんちがう感じになるんだろうなと思った。他人から見た自分の顔。それはとてもややこしい。だってなんだかそういうのは、見た目だけじゃない気がする。

ポートボールの大会は、いよいよ来週に迫ってきている。練習は試合形式が多くなり、私も人数合わせで参加する。足はもうほとんど治っているけど、私にはこの右足につけている湿布とネットがとても重要だった。足のせいにして、私は逃げたいのだ。レギュラーになれないのを足のせいにして、納得したいのだ。

直人先生は、最近私のことをよく見ている。しょっちゅう目が合う。怒っているのだ、見抜いているのだ。だらだらとやる気なさそうに練習をしている私を、あきれ顔で不満そうに見ている。

直人先生のためにがんばりたい、とも思う。思うけど、ぜんぜんだめ。痛くもない足をわざと引きずってコートを走り、目の前のシュートのチャンスをみすみす逃《のが》し、しなくてもいい余計なパスをしてしまう。

みどりちゃんは私の調子が悪いのは足のせいだと思っていて、いつも心配してくれる。やさしいみどりちゃん。でも今はそういうのが少しつらい。

もう、まるっきりだめ。自分でもよくわかっている。

もう、ポートボールがたのしくない。

今日は社会科の授業で古墳《こふん》の見学に行く。課外授業だ。なんでもない普通の日の授業で外に出るのはワクワクする。悪いことを公認してもらっているみたいで、ちょっと大胆な気分だ。

木成学区内に木成古墳というものがあるらしい。

「ようは、墓参りだね」

カナちゃんがぼそっと耳打ちしてきたから、おかしくて吹き出した。

山側（桜町地区の方面だ）に向かって二十分ほど歩いていくと、突然それはあった。でも言われなかったらきっと気がつかなかったはずだ。だって本当に普通すぎる。目印は、朽《く》ち果てたような木の立て看板だけ。「木成古墳」と、半分消えかかった文字で書かれている。

全体的になだらかな丘陵《きゅうりょう》になっていて、横には広場のような公園がある。いったい、どの部分が古墳なのか見当もつかない。

ムコーヤマがひととおり説明をして、みんなは適当にメモを取ったり絵に写しとったりした。私もわけがわからないまま簡単にメモを取って、ついでに遠くにいる直人先生の似顔絵を描いてみたけど、ちっとも似ていなかった。

授業といっても勉強らしい勉強は今のムコーヤマの説明だけで、あとは時間までクラスごとに適当に遊んでいいことになった。直人先生のクラスでは、今でもなわがはやっているようで（ちゃっかり用意してきていた）、公園では大きなかけ声とともに一組のみんなが次々に跳びはじめていた。

「ふーん」

カナちゃんがおもしろくなさそうに、一組のほうを見ていた。直人先生のクラスいいな、とポツンと言った私に、

「ヤじゃん、あんなのめんどくせー」

とカナちゃんは言って、眉間《みけん》にしわを寄せて、イーっていう顔をした。

「あっちで遊ぼう」

いつもの仲よしグループで古墳の立て看板がある丘陵のほうに向かった。何人かの男子がノートをお尻に敷《し》いて、ソリのように草の上を滑っている。空はピーカン

で風が冴えて気持ちいい。なだらかな丘を、みんなでそろってかけおりる。

ひゅうー。うわー。はやーい、すごーい。おもしろーい。

足は自分の意志に反して、猛スピードで左右次々にくり出される。

タンタタタタタタタタタタタタタ。

古墳。昔の人のお墓。青く高い秋の空。綿菓子をそっと引っぱったときみたいな薄い雲が、手前でぷかぷか泳ぐくらげ雲のはるか向こうに、水彩画のようなしずけさで空に貼りついている。

秋の新しい風が大きな木々をゆらし、ざわざわと声をかけてくる。

タタタタタタタタ。

斜面を一気にかけおりる途中、一瞬、地面がぐんと近くなったような気がした。

目に映るものがぐわんぐわんとまわっている。

やだ、何この感じ。何かがずれてきた。何かがちぐはぐだ。

「何、さえちゃん。どうかした？」

かけおりたあと、呆然としている私に友達が声をかける。

「うん……なんか……変な感じ」

「なになに?」

「ねえ、私の名前は鈴木さえでしょ。住所は小田原市戸川七の八の二。電話番号は……」

「何よお、さえちゃん。何言ってんの? バカになっちゃったの」

カナちゃんがケタケタ笑いながら、私の背中をたたいた。

やだ、絶対おかしい。記憶がなくなっちゃったみたいだ。でも、名前や住所は言える。目の前にいるのは瀬川加奈子、私の親友。大好きな直人先生の写真は、うちの机の二番目の引き出しに入ってる。私は今、木成小学校の六年三組で出席番号は女子の八番。家族は、お父さんとお母さんとお姉ちゃんとおばあちゃん。

「ごめん。なんでもない、だいじょうぶ」

私はにっこり笑ってみせる。だけど心の中では、何回も自分の名前と住所を唱えている。鈴木さえ、十二歳、小田原市戸川七の八の二。鈴木さえ十二歳小田原市戸川七の八の二。鈴木さえ十二歳、小田原市戸川、鈴木さえ十二歳、鈴木さえ十二歳……。

何がなんだかわからない。どうしよう。私、病気になっちゃったんだろうか。自分が何者かわからない。ここは、地球で日本で神奈川県《かながわけん》で、私はお母さんの子どもで、今は社会の課外授業で担任はムコーヤマ。二本足で歩いているし、確かに人間だ。地球人。ヒト。十月、季節は秋。うん、だいじょうぶ。ちゃんと言える。言えるじゃん。

でも、ちがう。さっきまでとちがう。ぜんぜん一致しないのだ、自分と鈴木さえが。

記憶喪失《きおくそうしつ》になってしまった感じ。空白というより空欄《くうらん》。ひどいズレがある。なんだろう、どうしよう。ちがう、ぜんぜん。今まで普通だったのに、すっかり分かれてしまった。頭だけが一メートル後ろにあるみたいだ。どうしよう。おかしくなってしまった。

あせって動いてみても、ゆっくり考えてみても元に戻らない。学校に着いたら戻るだろうか。うちに帰ったら治るだろうか。

空を見あげて、深呼吸してみる。くらげ雲はどこかに行ってしまった。ひとつ向こうの綿菓子雲も知らないうちに形を変えている。木々はますますざわめいて、私を落ちつかなくさせる。ああ、いったい私はどうしてしまったのだろう……。

人間離れ（こう呼ぶことにした）は、学校に戻っても家に帰ってもまったく治らなかった。ここにいる自分が、ふわふわ得体の知れないもののようでひどく頼りなく、心細い。

突然、どこか別の星から地球に落とされてしまった宇宙人のような気分だ。私は途方に暮れる。どうしよう、どうしよう……。

台所でお母さんが夕飯のしたくをしている姿を見ながらも、私の頭と意識はバラバラだった。

昨日まではぴったり完璧にそろっていたのに、なんで急にこんなふうになってしまったのだろう。昨日というのはすごく近いけど、とてつもなく遠い。こんなことを考えてる今この瞬間だって、もうどんどん過去になってゆく。

「お母さん」

「ん」

玉ねぎをみじん切りにしながら、お母さんは背中で返事をする。

「私さ……」

「ん」

「私って、鈴木さえって名前だよね」

「なあに」

お母さんがけげんそうな顔で、こっちを向いた。

「なんか、合ってるのかなあって思って……」

「何言ってんの」

あきれた顔でお母さんは言って、また玉ねぎのみじん切りを始めた。今日はハンバーグだ。

「私って、ここのうちの子だよねえ」

お母さんは首をくるっとまわして、じろっと私をにらみ、

「何言ってんの、いいかげんにしなさいよ」

と、ぴしゃりと言った。

「そうだよねえ……『鈴木さえ』で合ってるんだよね……鈴木さえっていう名前……」

ぶつぶつ言っている私をお母さんは気味悪そうに見て、大きくため息をついた。

私はくりかえし声に出して確認する。鈴木さえ十二歳神奈川県小田原市戸川七の八の二鈴木さえ十二歳鈴木さえ十二歳……。

だけど何べん唱えてみても、この声や口ですら自分のものではないような気がするのだ。だれかが勝手に私の名前や住所を告げている。

たとえばの話。

もし、今だれかに刺されたとしても、それは本来の自分ではないから、なんだか平気な気がしてしまう。車にひかれたとしても、底なし沼に落ちたとしても……。

やだやだ、こんなことを考えている自分が変だ。私は試《ため》しに、げんこつで机の上を思いっきりたたいてみた。

「いたっ」

ぶつけたところはじんじんして、熱くなっている。

「痛いじゃん。そうだよ、決まってるよ」

大きな声でそう言って、痛みに神経を集中させる。痛みでほんの少しの間だけ治った気がしたけど、一分もしないうちに痛みはうすれ、人間離れはまたやってきた。

「お姉ちゃん」

バンッと、ドアを開けた。

「ちゃんとノックしなさいよ」

机に向かった姿勢のまま、怒り口調《くちょう》でお姉ちゃんが言う。

「ねえ、お姉ちゃん」

「……何」

「ねえ」

「何よ」

「私、どこかおかしい？」

「どこかって？」

お姉ちゃんはようやく、クロスワードパズルから顔を上げた。

「見た感じとか、話す言葉とか……」

お姉ちゃんは、まじまじと私のつま先から頭のてっぺんまで眺めて、別に、と首をかしげた。

「どうかしたの？」

深刻そうな顔をしている私に、お姉ちゃんがふいにやさしく声をかけてきた。

「ん、さえ？」

「うん、なんかさ、記憶が離れちゃってるっていうか、自分がだれだかわかんない気がするの。だから、必死になって自分の名前とか言ってみるんだけど、そんなことは、もちろん当たり前に言える。でも、なんかちがうの……」

お姉ちゃんは不思議な顔で私を見ている。うまく説明できない。

「うーん、よくわからないけど、さえは今までどおりに普通にしゃべってるし、顔もいつもとおんなじよ。だからきっとだいじょうぶ。心配することはないと思うわ、ねっ」

ふだんとはまったくちがう穏やかな口調でお姉ちゃんはそう言って、ちょっとだけ真剣な顔で、もう一度「だいじょうぶよ」と念を押してくれた。

いつもケンカばかりしているお姉ちゃんが、すごくやさしい。私は、ちいさかったころのことを思い出した。

二歳くらいのころのことだ。お母さんとお姉ちゃんと三人で病院に行った帰り、お母さんは薬を取りに行ったか何かで、ほんの少しの時間だけ私とお姉ちゃんの二人きりになったことがあった。

横には川があって、私たちは黄緑色のフェンスごしに、遠くはるか下を流れる川をのぞきこんでいた。その川はとても大きく流れも速くて、ちいさな私はフェンスを力いっぱいつかんで、落ちないように細心の注意を払っていたと思う。川は巨大な音をたてて、ざあざあと流れていた。

そうしているうちに、私はトイレ（しかも大のほう）がしたくなって、というか、たぶんおもらしをしてしまい、そのことをお姉ちゃんに言うと、まだ五、六歳だったお姉ちゃんは、まるでお母さんのように、私のオムツだかパンツだかを脱がせてくれて、ポケットから出したちり紙でお尻を拭いてくれた。きっと、私がいつもお母さんにしてもらっているのを見ていて、それをまねしたんだと思う。

そして、お姉ちゃんが私の汚れたパンツを手に持って、うろうろしているところに、ちょうどお母さんが帰ってきた。お母さんは、お姉ちゃんのつかんでいるパンツと私の丸出しのお尻を見て、驚き、微笑《ほほえ》み、そしてちょっとだけ瞳をうるませた。

やさしいお姉ちゃん、私を守ってくれるお姉ちゃん。いつでも私をかばってくれた。

ああ、まったく。今までそんなことすっかり忘れていた。髪の毛にくっついたガムを一生懸命取ってくれたり、お気に入りのシャープペンをくれたり、好きなテレビ番組を観させてくれたり、私のどうしようもないうそを隠してくれたりした。

なんだか、胸がしぼむような思いだ。こういうのを切ないというのだろうか。

私は頭を一回ぶるんと振ってから、心配そうに私を見ているお姉ちゃんに、ありがとうと言った。お姉ちゃんは、本当にとてもやさしい目をして、にっこりと微笑んだ。

あのとき、フェンスにしがみついて眺めていた、とてつもなく大きいと感じた川は、今見るとばかみたいに小さい。流れもほとんどなくて、底にある藻《も》がゆらゆらとおとなしく漂っているだけだ。ところどころ頭を出している石には、空き缶やスナック菓子の袋が引っかかって、不規則に動いている。

今なら飛びこえられそうな川幅。かすかな水音。汚れてしまった小さな川。私は静かな気持ちで、時間の流れと自分の成長を思った。

今気づいたけど、たとえば、さっきみたいに昔のことを思い出したりして、何かに集中しているときは、人間離れじゃなくなっている。っていうか、人間離れのことを忘れてしまっているらしい。人間離れは、考えれば考えるほどひどくなる。真剣になればなるほど、自分との距離がひらいてしまうのだ。

ごろんと寝転《ねころ》びながら、私は練習のつもりで昔のことを思い出す。

ちいさいころのことは、本当によく覚えていると思う。だってカナちゃんなんて、昔のアルバムを見ても、何ひとつ思い出さないらしいから。私はアルバムにある全部の場面を覚えている。おばあちゃんの背中にくくられて指をしゃぶっている一歳のときのことでさえ、ちゃんと記憶している。冬が近づくとおばあちゃんは毎年、お姉ちゃんと私に毛糸の靴下を編んでくれたっけ。

物しずかで頑固《がんこ》だったおじいちゃんとは、唯一、内緒話ごっこで遊んだ記憶がある。おじいちゃんは、戦争で通信兵というのをやっていたらしく、抜群に耳がよかった。内緒話ごっこというのは、小さくささやいた声が、どのくらいの位置まで近づけばきこえるかというゲームだ。少しでも遠くできこえた人が勝ち。おじいちゃんの耳はすばらしかった。かすかな雑音もきき逃さないのだ。案の定、いつもおじいちゃんの勝ちだった。おじいちゃんが健康診断で耳の検査を受けたときは、通常の人間がきこえる範囲を大幅にこえていて、先生もひどく驚いていたらしい。

おじいちゃん自身もそれが自慢で、機嫌がいいときは、

「おれの耳は人間様どころじゃないんだぞ」

と言って、戦争のときの興味深い話をしてくれた。山深い森を進んでいくときに、虫の動くかすかな音さえきき逃さなかったとか、敵のモールス信号というものをいち早く解読したとか、ラジオからきこえる雑音から暗号を拾い集めたとか……。

それはもう、まったく想像できないような貴重な体験だ。今なら少しは戦争のことも知っているし、もっと詳《くわ》しく戦争の話をききたいところだけど、おじいちゃんはもういない。とても残念に思う。

三年生になってからは、お父さんとはおふろに入らなくなったけど、それまでは毎日いっしょに入っていた。排水口にタオルでふたをして、洗い場のタイルにお湯をはって（五センチくらいだけど）、プールごっこをした。でも、それをお母さんに見つかるとすごく怒られるので、とても注意深く遊んだものだ。お父さんとは、

昔から気が合うのだ。

いつも元気で、私はしかられてばかりのお母さんだけど、私がちいさいころ一度だけ、泣いたのを見たことがあった。お姉ちゃんと私とお母さんの三人で、積み木か何かをして遊んでいたら、急に「わっ」という感じで、お母さんが突っ伏して泣き出したのだ。

お姉ちゃんは、驚いてしばらくきょとんとしたあと、だいじょうぶ？　どうしたの？とお母さんの顔をのぞきこみ、ちいさな手で頭をやさしくなでていたけど、私はなす術《すべ》がなく呆然としたまま、自分の過ちを懸命に探していた。お母さんに対して申し訳ない気持ちでいっぱいになり、今にも泣き出しそうだったけど、迷惑だと思って必死でがまんした。

あのとき、なんでお母さんが泣いたのかはいまだにわからない。理由をきいてみたいけど、きっとそんなこと忘れちゃっているだろう。前にお姉ちゃんに話してみたことがあったけど、お姉ちゃんは「そんなこと知らない」と、ぜんぜん覚えていなかった。

あれからも、お母さんは泣いたことがあったのだろうか。私たちのいない場所でこっそりと泣いていたのだろうか。そう考えると、私の左右のこめかみはぎゅっと縮んで、まぶたの上に、灰色の線がたくさん降りてきてしまうのだった。

ああ、でもこうして、昔のことを思い出していると、確かに「人間離れ」は軽くなる、というより忘れていられる。

何かに真剣に打ちこめばだいじょうぶなのだろうか。治るのだろうか。

でも、今の私には、真剣に打ちこめるものが何もない。すべてが、適当であやふやでぼんやりしている。すべてが中途半端ですっきりしない。ああ、なんだかまた「人間離れ」のことを考えはじめたら、頭の感覚がおかしくなってきた。

保育園のおゆうぎ発表会で『シンデレラ』の魔女役をやったときの紫のサテンの洋服の手ざわりや、初めてリンゴの皮むきを教えてもらったときの右手親指の便利さ。おじいちゃんの整髪料の匂いと、草履《ぞうり》が地面をけるときのなんともいえないスポンジ底の音。キティちゃんの絵がついたピンクのポケットティッシュを男の子に破かれて、取っ組み合いのケンカをしたこと。赤い毛糸のパンツに描いてあったくまさんの顔……。

私は昔のことをゆっくりと思い出しながら、ゆっくりとまぶたを閉じた。

7 運命

朝八時に合図の花火が鳴った。十一月三日、文化の日。小田原市ポートボール大会。場所は柳瀬小学校。柳瀬は木成小からいちばん近い小学校で、春になったら同じ中学校に通うことになる。

グラウンドに、白線でコートが八つ分引いてある。まだだれも足を踏み入れていない、新品のできたてのコートだ。

私はふいに、何時間かあとのコートを思い浮かべる。空を舞うボール、力強く軽《かろ》やかなふくらはぎ、大勢の人たちのかけ声や応援、いくつもの運動靴の足跡、ほこりと青空が混じった秋のグラウンドの風景……。

開会式が終わり、それぞれのコートで試合開始のホイッスルが鳴り響く。木成小の第一試合の相手は、強豪《きょうごう》チームに名前のあがらない今田《いまだ》小ということで、やさおも金谷も余裕に見える。

ピーッ。試合開始。

私は応援席で体育座りをして、試合の様子を見つめる。目の前にあるコートとその外にいる私。すぐ手が届きそうな距離なのに、それは途方もなく遠い。

私はチェンジコートの休憩のときに、こっそりと白線をまたいでみた。すると当たり前だけど、私の身体は簡単にコートの中に入ってしまった。

さっきまでは、あんなにちがう世界だったのに、あんなにかけ離れていたのに……今、私はその遠かったコートの中にいる。そのことは私にとってかなりむずかしく、同時にひどく単純なことのように思えた。

今田小との試合は、木成の圧勝だった。やさおは第一ゲームあたりからすでに勝利を確信したらしく、メンバーチェンジをくりかえして、レギュラーに入れなかった補欠組を順番に出場させた。

私は、コートに増えてゆく足跡と白く舞う土ぼこりを、遠い国の田園風景のように、落ちついた気持ちでゆっくりと眺めていた。

木成小はそのあとも順調に勝ち進み、午後からは準決勝戦となる。隣でお弁当を広げているみどりちゃんはとても幸せそうだ。

「優勝できるかもしれないよ」

デザートのキウイフルーツをひと切れ口に入れて、たのしそうに言う。うん、きっと優勝するよ。私も元気よく答えて、水筒の中の砂糖入り紅茶をひと口飲んだ。

こうして話しているときも、私の頭は「人間離れ」になっている。今座っているビニールシートから見あげる柳瀬小の校庭。遠くに見えるジャングルジム。塗りかえられたばかりのクリーム色の校舎。

なんだか遠近感が変だ。隣にいるみどりちゃん、反対側の隅《すみ》に座っている直人先生の後ろ姿。そして、私の名前、鈴木さえ。十二歳。地球の上に、今まさに座っている。

準決勝の相手は柳瀬小だ。真剣勝負。これが事実上の決勝戦となる。「私、がんばる」試合直前に、みどりちゃんが鼻をふくらませて意気ごんだ。

「うん、がんばって、みどりちゃん！　カナちゃんも！」

私はコートに向かうみどりちゃんのお尻をたたき、カナちゃんとは指相撲《ゆびずもう》をするときのようにお互いの右手を組んだ。これがカナちゃんとのいつもの挨拶《あいさつ》だ。

円陣を組んで、金谷が声を張りあげる。

木成しょおー、ファイッ、オー、ファイッ、オー、ファイ、オーッ、がんばっていこー！ ファイッ、オウ！

自分が参加しないかけ声は、羨望《せんぼう》といたたまれなさがごっちゃになって、おもわず耳をふさいでしまいたくなる。

ピーッ。

「整列」

この試合に勝てば、きっと優勝はまちがいないだろう。応援にも自然と力が入る。

有希ちゃんナイスシュート！

みどりちゃん、ナイスキャッチ！

みんなの声が次々に飛ぶ。やさおも、試合にじゃまなくらい身体をぐいぐいと乗り出して声援を送る。金谷、そこだそこ！ よーし、ナイスドリブル、山本、行け、持ってけ、瀬川そのままシュートだ！

木成と柳瀬の点差はほとんどなく、どちらかが得点すると今度はもう片方が得点するといった具合で、本当に接戦だった。

あっ。見たことある子、と思ったらいつかの背番号16番だった。柳瀬との練習試合で、あの16番にしつこいマークをされたことを思い出す。16番は相変わらず執拗なマークをして、あかねちゃんを困らせている。私はじっと16番の動きを目で追う。

大事な試合に出場している柳瀬小の16番と、わざとらしい湿布をしてコートの外で応援している木成小の16番。

私は、はあーっとため息をつく。ああ、またこんなに離れてしまった。あのとき並んでいたものが、知らないうちにどんどん離れてゆく。みんな私を置いて先に進んでしまう……。

ピピーッ。試合終了のホイッスル。

「二十八対二十六で木成小学校の勝利です。気をつけー、礼！」

やったあ勝った。木成小の勝利。わあーわあーと歓声があがる。五年生の子たちも、跳びあがって喜んでいる。五年生のほとんどは有希ちゃんファンで、有希ちゃん目当てにオール木成に入った子もいるという噂だ。試合終了と同時に、有希ちゃんのまわりには、わらわらと五年生が集まっていた。

試合が終わったとたんに、私は急に気が抜けてしまった。うれしいけど、思ったほどうれしくもないのだ。あんなに夢中で応援してたけど、なんかもういいや、って気分だ。

コートの向こうでは、柳瀬の16番が泣いていた。泣けるなんてうらやましい、と私はだれにもきこえないくらいの小さな声で口に出してみた。

「えーん、さえちゃーん」

と、みどりちゃんが泣きまねをしてやってきた。

「勝ったねー、よかったね、みどりちゃん」

「うん、うれしいよ」

みどりちゃんは、本当に本当にうれしそうだった。私の大好きなみどりちゃんの笑顔。

でも、私は気づいてしまった。みどりちゃんと私は、前とはちがう。知らないうちに変わってしまった。ずっと同じ気持ちでいつもいっしょに感じてたことが、今はもうちがう。

六月の地区のポートボール大会で戸川が優勝したときは、みどりちゃんと同じ目線で、同じ分量で同じ深さで感動していたのに、今はもう別々の位置からお互いに笑いかけるようになってしまった。

「次は決勝だね、みどりちゃん」

「うん、がんばるよ」

そう言って、みどりちゃんはピースサインとガッツポーズを順番にしてみせた。

私は最後の一枚のパズルを、無理やり合わない箇所《かしょ》にはめこんでしまったような、しっくりしない気持ちでみどりちゃんの顔を眺めていた。

決勝戦の相手は、高浜《たかはま》小学校だ。

「はいあがって努力してきたチームは強いからな。気を抜くなよ」

やさおが熱く興奮ぎみに言った。高浜小が決勝まで残るとは、だれも思っていなかった。去年もおとどしもその前も、高浜小の順位はずっと下のほうだった。

「今までの練習の成果を出せばだいじょうぶだから、精いっぱいやってこい」

直人先生がしずかに言い、金谷たちは、

「ハイッ」

と姿勢を正して返事をした。そして、

「これが最後のポートボールの試合だからな」

と直人先生が続けた。それをきいた有希ちゃんが、はっとしたように大きくうなずいたのを合図に、みんなも口々に、

「そうだね、最後だよ」

と、今気づいて納得したようにささやき合っていた。

さすがに勝ち残ってきただけあって、高浜小は身体から湯気が出そうなくらいの気迫《きはく》だ。もちろん、木成も負けてはいない。

たーかはまっ、ファイト、オー、ファイト、オー、ファイト、オー。

木成しょおー、ファイッ、オー、ファイッ、オー、ファイ、オーッ、がんばっていこー! ファイッ、オウ!

決勝戦ということもあって、コートのまわりには人が増えてきた。応援にも自然と熱が入る。

がんばってえー、そこそこシュート! パスパス! マークよく見て! 今だ、

早くシュート！

応援席でもコート内でも、大きな声が飛びかっている。私もつられて声を出してみるけど、その声の持ち主が自分だとはまるっきり思えないのだった。

高浜小のやる気はすばらしかったけど、やはり実力は木成のほうが上で、第二ゲームあたりからは高浜のペースがくずれてきて、みるみるうちに点差が開いていった。

やさおは、六年生のオール木成のメンバーをできれば全員、今日の試合に出場させたいらしく、優勝を確信したあたりから、またメンバーチェンジをしはじめた。

波にのった木成小は、だれが出てもミスはなく確実に順調に得点を決めていった。

ピピーッ。

甲高《かんだか》いホイッスルが試合終了を告げた。ワッと歓声があがる。三十二対十八で木成小学校の勝ちです。気をつけー、礼！

「ありがとうございました！」

その声をきいたら、ざわざわっと感動の波のようなものが下から上に広がってきて、鼻の奥がつんとしてしまった。

「小田原市ポートボール大会、優勝木成小学校。代表者前へ」

「はいっ」

金谷と有希ちゃんが前に進み出て、賞状とトロフィーを受け取った。木成小学校優勝。

私はなんとなく空を眺めている。雲はちょっと目を離したすきに形を変えてしまう。かといってじっと見つめていても、今度はどの部分が変化したのかわからない。

オール木成のみんな、やさおも直人先生も満面の笑《え》みでとてもうれしそうだった。そのあと賞状とトロフィーを前に、みんなで記念写真を撮った。直人先生と私との距離はひどく離れていて、写真にはまったく知らない人同士のように写ることだろうと思った。

今日の大会、オール木成の六年生のメンバーで、一度も試合に出場しなかったのは、私だけだった。

別に悔しいとか悲しいとか残念だとか、そんなことひとつも思わなかったけど、そのことを考えると、まつげの先がかすかに震えるような、まぶたの裏側がほんの少しちくっとするような、そんな種類の痛みをしずかに感じるのだった。

風が冷たくなってきた。ついこないだまでは、クラスの大半が半袖だったのに、今は半袖を着ている子はひとりもいない。十一月は夏と秋と冬の全部だ。すいちゃんは早々に、もっこりとしたセーターを着こんでいる。リエたちは、すいちゃんにわざときこえるようなひそひそ話をする。

私は教室の窓から、目に映る町並みすべてをゆっくりと見渡す。水をたっぷりとふくませた水色の絵の具で、ひと筆なぞっただけのように見える海。遠くの山のくっきりとした稜線。ところどころにある背の高い建物。昔からあるたくさんの家。そういうものをひとつひとつ取り出して丁寧に眺めていると、なんだかすっかり年をとってしまったような気分になるのだった。

ポートボール大会が終わって、学校からは早く帰れるようになった。

「人間離れ」はちっとも治らない。昨日も学校から帰ってきてからずっと、自分の名前と生年月日、住所と電話番号、一年のときからの担任と出席番号（覚えてる範囲で）を、呪文のように唱えていたらズキズキと頭が痛くなってきたので、早々に頭痛薬を二錠飲んで寝てしまった。

夢の中でまたあの星座を見た。白夜《びゃくや》のような明るさの中で、私はひとり空を眺めている。星と星を結んでひとつの形になった白鳥や、ふたごの女の子、王冠をつけたひげの王様。すべてが幻想的に輝いていて、それらは手が届きそうなくらい近い。私はあまりの美しさに見とれている。でも地球にはだれもいない。私ひとりだけが、こうして空を眺めている……。

まったく、なんなんだろう。前はもっといろんなことが簡単だった。好きなこときらいなことがはっきりと分かれていて、何事も選びやすかった。

頭も痛くならなかったし、哀《かな》しい夢も見なかったし、人間離れでもなかった。ポートボールはたのしかったし、直人先生とは愉快に話ができたし、女の子の足を見ても気分が悪くならなかった。朝は寝ぼけまなこをこすりながらも何も考えずに起きられたし、夜は天井のます目をみっつ数えただけで、ストンと眠りに落ちた。もはまっすぐだったし、膝はこんなに丸くなかった。

セミの抜け殻が入っているイチゴジャムの瓶を逆さにしてカギを出し、二番目の引き出しをそっと開けてみる。かわいいお花と長いスカートをはいた外国人の女の子が描かれている、クリーム色のクッキー缶。秘密の宝物箱だ。ふたを開けて、いちばん下に隠れているすみれ色の封筒から直人先生の写真を取り出してみる。

腕を組んで、うつむきかげんの直人先生の寝顔。でもなんでだろう、こうして写真を見ても、あまりどきどきしない。カギをまわしたとき、クッキーの缶を開けたとき、すみれ色の封筒を手に取ったとき、そんなときのほうが断然どきどきする。

でもいちばんどきどきするのは、授業中に二番目の引き出しのことを考えるときだ。のどの下のあたりが緊張して、心臓が口から出てきそうになる。

私はもう一回、直人先生の寝顔を確認してから、写真をそっと封筒に戻した。

宝物箱には、大切なものがたくさんつまっている。浜辺で拾ったきれいな貝や波で削られて丸くなった色とりどりのガラスのかけら。いとこのお兄ちゃんにもらった星の砂や、お父さんが酔った勢いでくれた昔のお金。お姉ちゃんが作ってくれたビーズの女の子や、道端で拾ったきれいな白い鳥の羽根。昔飼っていたタニシが産んだ、子猫たちの写真も何枚か入っている。

それと、二年生のときの担任の橋本幸恵《はしもとゆきえ》先生からもらった、黄色の色画用紙で作られた賞状。クラス全員ひとりずつに幸恵先生が作ってくれた。

私のは『想像の魚が上手に描けたで賞』だ。二十四色の絵の具を全色使って、水色の羽根がついたピンク色の魚を描いた。まつげの先端にハートや星やクローバーの模様までつけてあげた。探せば押し入れの中に入っているはずだ。

――そうぞうの魚がじょうずにかけたで賞。鈴木さえさま。あなたは、図工の時間にかいたそうぞうの魚を、クラスのだれよりもたのしくゆかいに、そうぞう力をはたらかせてかいてくれました。これからも、そのきそうてんがいなアイデアで、すてきな絵をたくさんかいてくださいね。はし本ゆきえ先生より――

　読んでいて自然とため息がもれた。私はもう自分で知っているのだ。ピンク色の魚を、まつげにハートがついた魚を、今の私はもう描けないことを十分に知っているのだ。

　私が四年生のとき、幸恵先生はお腹が大きくなって学校を辞《や》めた。幸恵先生は今何をしているだろう。赤ちゃんは大きくなったことだろう。

幸恵先生ごめんね。私はなんだか申し訳ない気分になって、声に出して謝ってみた。


次の日曜日に、地区のソフトボール大会があった。ソフトボール大会は春ではなく秋にある。ちなみにオール木成のような学校単位での大会はない。

みどりちゃんに誘われて、自転車で川浜《かわはま》グラウンドに向かった。川浜グラウンドは河川敷《かせんしき》にある、野球もサッカーもできるだだっぴろい広場だ。川はすぐ先の海につながっていて、ここに来ると、海と川と土と草の匂いがいっぺんにかげる。私の大好きな場所のひとつだ。

夏休みのある日のように、みどりちゃんは自転車に手をかけて、石造りの門のところで待っていてくれた。

「なんかこういうの久しぶり」

「うん、ずっと練習あったもんね」

「ぜんぜん遊んでなかったよね」

「ほんと」

私たちは自転車には乗らずに、のんびりとしゃべりながら、ゆっくりと自転車を押した。海から吹いてくる秋の潮風は心地よく、二人の前髪をそよそよとゆらして、おでこを出したり隠したりさせた。こうして並んで自転車を引いていると、なんだかちょっぴり大人になった気分だ。

広場では、すでにどこかの地区がゲームを始めていた。

フェンス横で西田と川畑《かわはた》がキャッチボールをしている。二人とも私たちと同じ戸川地区で、川畑はみどりちゃんと同じ一組だ。

キャッチボールをしている二人の横で、腕組みをしている野球帽のおじさんは田中コーチだ。

「おう、おまえたち来たのか」

「こんにちは」

みどりちゃんとぴったりそろって言ってしまい、二人でぷっと吹き出した。

「ポートボールは木成が優勝だってな。おめでとう」

「ありがとうございます」

そう言ったのは、みどりちゃんだけだった。私はなんとなく唇の端を持ちあげて、笑顔もどきを顔にくっつけていただけだ。

「次、戸川だぜ」

川畑の投げたボールをバシッとグローブに入れたあと、西田が大声で言い、応援頼むぜ！と川畑が続けて大きな声を出した。

私はソフトボールに詳しくないけど、ピッチャーの川畑が投げるボールの速さにはたまげてしまった。

「ねえ、みどりちゃん、あいつの球見えないよ」

「うん、すごいね」

「川畑、かっこいいー！」

大きな声でそう言った私を、みどりちゃんはびっくりしたように見て、顔を赤くした。

「やだ、さえちゃん、はずかしいじゃん」

「何が？」

「かっこいい、なんてさ」

「だって、かっこいいじゃん。川畑、かっこいい！」

さらに大きな声で言った私に、みどりちゃんはまたまた顔を赤らめた。

ボールを追う男の子たちは、川畑に限らず、なぜだかすごくかっこよかった。授業中えんぴつをむやみにまわしたり、消しゴムのかすで団子を作ったり、休み時間にエッチな話をして喜んでいる、いつもの見慣れたおバカなやつらではなかった。

マウンドで唇をかんで、背後にいる桜町のランナーの様子を目線だけでうかがう川畑を、応援席から見つめる。

じっと見つめていると「人間離れ」なんて、なんてことないような、その前の自分だって存在しなかったような、今ここにいる自分はそれだけで正しいような、青空がきれいで秋風が気持ちよければそれだけでいいような、そんなすがすがしい気分になれるのだった。

カーン。

あと一球で三振、スリーアウトチェンジだったところを、片山に打たれた。片山は私と同じ三組だけど、今日は戸川の応援に来ているので、私は声援を送るのをがまんした。

片山は最近驚くほど背が伸びている。ついこないだまでは、私の目の高さくらいまでしかなかったのに、今はもう私と同じか、それより少し高いくらいだ。

打球は鋭い勢いで地面をかすめていき、片山は長い腕を前後に振りながら全力で一塁ベースにかけてゆく。

ザッ、バシッ。

内野を抜けて、あやうくヒットになるかと思われた球を、ショートの西田が飛びこんで阻止した。

「よしっ、ナイスキャッチ！　投げろー」

田中コーチが叫んで、西田が膝をついた格好のまま、ボールをすばやく一塁手に投げる。

「アウトー！」

審判が親指を立てて、大げさにジェスチャーした。

「きゃー」

私とみどりちゃんは手を取り合って、ぴょんぴょん跳びはねて喜んだ。ヘッドスライディングした片山は、しばらく寝転んだままの格好で悔しそうに土を握っていた。

西田と川畑は、マウンド上でお互いの右手こぶしをカツンカツンと二回ぶつけ合ってベンチに戻ってきた。その光景はなんだかやけにまぶしかった。

この試合は結局、戸川が勝った。試合が終わった西田が、私たちを見つけて、

「どうだった、おれのファインプレー」

と、にやけながらきいてきた。そのとき一瞬、汗の匂いがした。土と汗と太陽が混じった、男の子の汗の匂いがした。私の身体のどこか一部が、トクンと音をたてたような気がした。

「うん、マジでかっこよかったよ」

そう言った私を、みどりちゃんが肘で軽くつついた。

「ねっ、みどりちゃん」

「あ、うん……」

みどりちゃんのほっぺたは、また赤くなっている。西田が田中コーチに呼ばれて向こうに行ってしまうと、みどりちゃんは、

「さえちゃんを尊敬するよ」

と、赤い顔のまま言った。

「なんで?」

「だって、本人の前でかっこいいなんてさ」

ああ、みどりちゃん。私はこのとき、みどりちゃんの心の中に潜《ひそ》んでいる女の部分と子どもの部分をほんの少しだけ軽蔑し、気の毒に思った。

私は西田のさっきのファインプレーをカナちゃんに見せてあげたかったな、と思って広場を見まわしたけど、カナちゃんは来ていないようだった。

「ねえ、そういえば田中コーチんちのふたごちゃん、姿が見えないね」

キョロキョロしている私を勘《かん》ちがいしたのか、みどりちゃんがそんなことを言った。

「ああ、そう言われればそうだね、何年生だっけ」

「四年生だよね、たしか」

ソフトボールチームには四年生から入れることになっていて、田中コーチの子どもはもちろん戸川チームに入っていた。

「あっ、木下さん」

「ああ、鈴木さんも来てたんだ」

「うん、戸川の応援にね」

「私は弟の応援に来たの。でも四年生だから試合には出られないみたい」

「木下さんの弟は田中コーチの子どもと同じクラス？」

みどりちゃんは、あのかわいいふたごの兄弟が気になっているらしく、木下さんにそんなことをきいた。

「うん、お兄ちゃんのほうといっしょだよ」

「ふうん、今日来てないんだよね。田中コーチはいるのに」

「ああ、なんかよく知らないけど高浜のほうに引っ越したみたい。五年生になったら転校して高浜小に行くってきいたけど」

「えっ」

みどりちゃんと私は同時に声を出した。

「うん、よくわからないけど……。じゃあ、私は行くね、また明日ね」

「うん、またね」

私は手を振って、木下さんの小さくなってゆく後ろ姿を、見るともなく見ていた。

木下さんは、グラウンドの端に置いてある、使われてないさびたサッカーゴールのところで立ち止まり、サッカーゴールを右に行こうか、左に行こうか、それとも真ん中を通ろうか、と迷っている様子だった。

そしてためらった末に、サッカーゴールの左側を歩き出した。と、その瞬間、何かにつまずいたらしく、あっというまもなく木下さんは転んでしまった。

きゃっ、という短い声がきこえたけど、木下さんはすぐに立ち上がり、膝についた土をはたいて、何事もなかったように川沿いの土手を歩いて行ってしまった。

このとき私は、何かが胸に突き刺さったような、頭の先からひらめきがおりてきたような、確信はできないけど明確な答えが浮かんだような、そんな気分になった。

私はサッカーゴールのところにかけていき、木下さんが転んだ場所を見た。地面には、鉄らしきものが埋められていて、それがほんのちょっとだけ頭を出していた。よく見ないと気がつかない。

木下さんは、これにつまずいて転んでしまった。迷った末に左側を歩こうとして、結局転んでしまった。

運命。

こういうのを、運命っていうんだ。

木下さんは、サッカーゴールの右側に行かなかった。サッカーゴールの真ん中を通らなかった。木下さんは、サッカーゴールの左側を自分で選んで歩き、そしてつまずいた。

なんだろう。いったいこれはなんなんだろう。うまい言葉が見つからないけど、きっと「運命」でいいんだと思う。自分で迷い選んで、その結果転んでしまった。運が悪かったから、左側をたまたま選んで転んでしまったのではない。木下さんは考えた末に自分で選び、左側を通った。そして転んだ。たまたま、ではない。左側を選ぶことは、初めから決まっていたんじゃないのか?

初めから決まっている……。

私はなんともいえない爽快感《そうかいかん》を感じ、同時にひどく不毛だと思った。

決まっていることは変えられない。それは、なんてつまらないことだろう。左側を選んで転ぶのが決まっているんだったら、迷う必要なんてないではないか。

私は地面から出た鉄の頭を指でなぞりながら、途方に暮れてしまう。いったいどうすればいいんだろう。何をすれば正解なんだろう。

「どうしたの、さえちゃん」

「えっ、あ、う……ん」

「それにしても田中コーチんちのふたごちゃん、本当に引っ越しちゃったのかな」

「……うん、そうだね」

「でも、田中コーチののこぎり屋さんは、変わらないであの場所にあるよ。戸川地区だもん」

「うん、そうだね……」

適当に返事をしつつも、私の頭の中はそれどころではなくて、新しい答えを必死に探していた。でもいくら考えても、ぐるぐるまわったあげくに、結局同じ答えが返ってくるだけで、なんの進展もなかった。

「すいちゃん、昨日ソフトボールの試合見にいった?」

「うん」

「そっかあ、会わなかったね。戸川は何位だったの?」

と、すいちゃんにたずねたら、横から西田が割りこんで、

「準優勝だぜ」

と、はりきって答えた。

「おまえら、あのまま帰っちゃっただろ。決勝戦がまたまたファインプレーの連続でさあ、見せてあげられなくて残念だったなあ。ああ、でも水津は見てただろ?決勝戦」

「うん」

すいちゃんは、はずかしそうなうれしそうな笑顔でうなずいた。

「なんと、ホームランまで打っちゃったもんねー」

「本当!?」

私はすいちゃんの照れくさそうな笑顔を見ながら、ほんわかとした気持ちになる。西田はとてもいいやつだ。

「そうそう、ねえ西田。田中コーチんちのふたごちゃんは、ソフトボールやめちゃったの?」

西田は一瞬眉毛をピクッとさせてから、知らないけど、と小さく言った。

「よく知らないけど、田中コーチ離婚したらしいよ」

「え」

「うん、そうらしいんだ」

そう言ったときの西田の表情が、とても真剣で苦しそうで、何かを決断したあとのように明るかったので、私はそれ以上きくのをやめた。

「昨日、片山が打ったボールを取ったの、あれ本当にすごかったね。まさにファインプレー」

「おお、そうだろ、そうだろ。自分でもかっこいいと思ったもん」

すいちゃんも、思い出したように目を輝かせてうなずいている。私はまた思う、西田はとてもいいやつだと。

十一月も終わりだというのに、今日はすごくあったかい。学校から帰ってくると、おばあちゃんが車いすに乗って、庭で日向《ひなた》ぼっこをしていた。

「ただいま」

「おお、さえかい。おかえり」

今日のおばあちゃんは普通らしい。私はほっとして近くに寄る。

「ねえ、おばあちゃん。おばあちゃんは、いつのころがいちばんたのしかった？」

「たのしかった？」

「うん、高校のころとか、結婚したころとか、子どもが生まれたころとかさ」

「高……校かい、ああ女学校のころはたのしかったねえ」

「結婚したときは？」

「結婚したころはどうだったかね、大変だったかねえ……」

「いつがいちばんだった？　いつに戻りたい？」

「戻りたい？　ふぉっはっは、戻れるわけないでしょおに」

「戻れるとしたら、だよ。いつがいちばんよかった？」

「いつねえ……、そうさねえ」

「何歳のとき？」

「そうさねえ……まあ、今かねえ」

「えっ」

「そうさねえ……」

「今? 今なんだ……」

「ふぉっはっは、そうさねえ、今だねえ、今がいちばんいいねえ」

すごい。今! 今だなんて。すごいや、おばあちゃん。

なぜだかすごく感動した。病気が治ってほしいと思った。長生きしてほしいと思った。

そして、答え。

昨日のサッカーゴールでの答えがわかった。それはこうだ。

『運命は決まっているけど、自分の気持ち次第でどうにでも変えられる』

よし、これで決まり。そう思えばつじつまが合う。うん、そう思おう。私は勝手に自分で決めて納得して、勝手にすっきりした。ありがと、おばあちゃん。

8　卒業

冬が来たなあ、と思うのは、夜空にオリオン座が圧倒的に見えはじめたときだ。

星座の夢をよく見るくせに私が知っているのは、オリオン座とその下にあるシリウスぐらいだ。去年、理科の授業で星の観察をしたときに覚えた。

星はおもしろいと思う。この地球だって星のひとつだ。しかも、今見えている星の光は、はるか遠い昔のものなのだ。その輝きが今、私の目にこうして見えている。実際に今現在放たれている星たちの光は、私が死んだずっとずっとあとに地球に届く。何万光年とか何億光年とか、むずかしくてちっともよくわからないけど、それはものすごく長い時間と距離だ。

そんな膨大《ぼうだい》な宇宙の一部をベランダに出て眺めていると、なんだかいろんなことがどうでもよくなる、もちろんいい意味で。私が悩んでいることなんて、ありんこの足くらいにちっぽけだ。

今日の夕方、人間離れがひどくって、お母さんが夕飯のしたくをしているときに、

「絶対おかしい。病院に行ったほうがいいかもしれないよ。精神科みたいなところに……」

と言ったら、すごい剣幕で怒られた。

いいかげんにしなさい。そんなくだらないこと考えてるヒマがあったら、勉強でもしなさいっ！　一生懸命に勉強やスポーツをすればそんなの簡単に治るのよ。だらだらと生活してるから、そんなおかしなことを思うのよ、まったく困った子ね。ほらほら、おばあちゃんの様子でも見てきてちょうだいよ。お母さん、忙しいんだからね！

一気にまくしたてられた私は肩を落として、おばあちゃんの部屋に行った。おばあちゃんは、横になって目をつぶっていた。

「別にうそを言っているわけじゃないの。なんだか本当に自分が自分じゃないみた

いで、不安で、病院に行ったら治るかなあって思っただけなの」

「うんうん、そうかいそうかい」

おばあちゃんは目をつぶったままで、適当に答える。

「私、だいじょうぶなのかなあ……」

「さえは、いい子だねえ」

「これでいいのかなあ……」

「さえはいい子だから、なんにでもなれるさ」

私は、ふっと顔がほころんでしまう。今がいちばんたのしいおばあちゃんが、こう言うんだから、きっとだいじょうぶなんだろう。さえの十二歳分を六倍以上生きているおばあちゃんが言うんだから。

「ありがと、おばあちゃん。おやすみ」

いつのまにか寝息をたてているおばあちゃんにしずかに言って、私はそっとふすまを閉めた。

ベランダで冬の夜の空気を思いっきり吸いこむ。うん、こんなふうに星を見ていれば、確かに「人間離れ」なんてほんのささいなことだ。だいじょうぶ。きっとだいじょうぶ。

夜空には数えきれないほどの星が見える。このすべての星にみんな名前がついているのだろうか、世界中の人たちに名前があるように。

今、お姉ちゃんは『宇宙』に凝っている。宇宙の成り立ちや星座の名前、その由来、NASAの火星探査機、銀河系、ビッグバン、ブラックホール、四次元の世界……。毎日、同じような種類のちがう本を図書室で借りてきている。今度、星の名前をいっぱいお姉ちゃんに教えてもらおう。自分が知っている名前の星を探すのは、きっとすごくおもしろいことだろうから。

街はどこもかしこもクリスマスのイルミネーションであふれている。うちも昨日、小さなクリスマスツリーを出して、簡単な飾りつけをした。サンタクロースを信じていたのは何歳までのことだろう。そんなことを信じていたときがはたして本当にあったのだろうか。

去年のクリスマス、私はスニーカーを買ってもらった。軽くてかっこよくて、それを履くと速く走れるような気がした。でも私の足のサイズはあっというまに変わってしまい、六年生になったときにはもう履けなくなってしまった。

今年は何を買ってもらおう。カナちゃんは、コミック雑誌に連載中のマンガ本七巻から十三巻までを買ってもらうらしい（一巻から六巻まではすでに持っている）。ビーズのかわいいバッグも欲しいし、新しいスニーカーもまた欲しい。新発売のゲームも欲しいし、お母さんはダメって言うと思うけどマニキュアセットも欲しい。

来週のクリスマスイブは終業式だ。もうじき冬休みが始まる。

「お年玉いくらもらえるかなあ」

休み時間に、カナちゃんが退屈そうにきいてきた。

「何か欲しいものあるの？」

「うーん、そうだなあ。なんだろ、お腹いっぱいトロでも食べたいねえ」

ふふふ。カナちゃんてほんとおもしろい。

「おれ、冬休みにスキー行くんだ」

西田が二人の会話に割りこんできた。まったく。西田ってば必ずといっていいほど、私とカナちゃんが話していると仲間に入ろうとするんだから。

「ふうん、どこに？」

カナちゃんがさらに退屈そうな声で西田にきいた。

「わかんねえけど、たぶん長野。親戚の兄ちゃんが連れてってくれるんだ」

「あたし、冬休みなんてなーんにも予定ないなあ」

「うん、私もないな……」

「瀬川と鈴木にお土産《みやげ》買ってきてやるよ」

西田がうれしそうに言った。

私は、冬休みが終わったときのことを考える。三学期、卒業、春休み、そして私は中学生になる。

「さえちゃーん」

廊下からみどりちゃんが慌てた様子で顔を出して、手招きをした。

「大変大変！　お母さんにきいたんだけど、田中コーチ離婚したらしいの」

みどりちゃんが興奮ぎみに言う。

「ああ、う……ん」

「やだ、さえちゃん、知ってたの？」

「う……ん」

「なんだ、教えてくれればよかったのに」

「…………」

「田中コーチの奥さんがあのふたごちゃんを引き取ったみたい」

「ふうん」

「かわいそう、田中コーチ。ひとりになっちゃって。ねっ、さえちゃん」

「……わかんないよ、そんなの。私は田中コーチじゃないから」

みどりちゃんはほんの一瞬ビクッとして、うん、そうだよね、としおらしく答えた。

「あっ、チャイム。じゃあまたね」

みどりちゃんが、胸元《むなもと》で小さく手を振って廊下をかけ出した。私は大きな声を出して、みどりちゃんを呼び止める。

「みどりちゃーん、今日遊ぼうよー」

みどりちゃんは驚いたように振りかえり「うん！」と、元気な声で大きく手を振った。

冬休みは自然に訪れて、慌ただしく過ぎてゆく。

元旦は、初日の出を見に浜まで行き（雲がかかっていてあまり感動的ではなかった）、家でみんなそろってお雑煮《ぞうに》を食べて、それから二宮《にのみや》神社に初詣に行って、おみくじを引いて（中吉だった）甘酒を飲んだ。外はいつもとぜんぜんちがう雰囲気で、とてもしずかで空気がきれいだった。時間はやけにゆっくりと流れ、一日が三十二時間くらいあるように感じられた。元旦の独特な気配。ちいさいときから変わらない。

驚いたのは、紅白歌合戦を余裕で観られたことだ。こたつでみかんとさきいかを食べながら、好きな歌手を観ていたら、時刻はあっというまに十二時になっていた。去年までの私だったら、途中で眠くなってしまって最後まで観ることができなかったのに。

そうそう。クリスマスプレゼントは迷った末に、結局『星座図鑑』を買ってもらった。図鑑にはかなり立派な星座早見もついていて、半透明の円盤をまわして日にちと時刻を合わせると、今現在、目に見えている星とぴったりと一致する。暗くなると光るようになっているので、夜のベランダでもちゃんと使える。

私はこの星座早見を手に入れてから、毎日欠かさず夜空を眺めていた。星の名前も少しだけど覚えた。アルデバラン、プレアデス星団、カペラ、ポルックス。オリオン座のベテルギウスとこいぬ座のプロキオンとおおいぬ座のシリウスが、冬の大三角形を形成していることも知った。

近ごろでは、あのもの哀しい星座の夢はほとんど見ない。

三学期の始まりは、いつだってうれしいものだ。勉強する期間が短くて、途中で春がやってくる三学期。でも、今回の三学期はちょっとちがう感じだ。三学期が終わったら、私はもう小学生ではなくなる。

席がえをしたら、ラッキーなことにまた窓際になった。でも、今度は前から二番目で、隣はタメオで後ろはリエだった。西田は反対の廊下側になって、斜め前は(念願の)カナちゃん。そして、そのカナちゃんの後ろ、つまり西田の隣はすいちゃんだった。私はなんだか笑ってしまう。さすが、すいちゃんだ。

教室の中は暖房が入っていてちょうどよくあったかいけど、今日の朝は耳がちぎれるかと思うくらい寒かった。だけど、登校班の一年生や二年生たちは子犬のようにころころと笑いじゃれあっていて、その子たちのまわりだけは気温が高いのかな、と本気で思ったくらいだった。大人になるということは、寒さを敏感に感じてしまうこと。そういう考え方も確かにあるのかもしれない。

「はい、お土産」

西田が小さな袋を二つ、私に差し出した。

「ほんとに買ってきてくれたんだ」

「当たり前だろ」

「これ二つあるけど」

「鈴木から瀬川に渡しといてくれよ」

「なんで？　自分から渡したほうがいいんじゃないの、席も近いんだしさ」

「悪いけど頼むよ」

西田が両手を合わせて頭を下げるから、私はしかたなくうなずいた。袋を開けると、中にはスキー板の形をしたキーホルダーが入っていた。ありがとう、と言って机にかけてあった手さげカバンにさっそくつけた。それを見た西田はたちまち照れくさそうな顔になった。

「もうひとつも同じやつ?」

「うん、色ちがいで」

西田は元気よく答えて、スキーの話をいろいろきかせてくれた。

帰りに、西田からのお土産をカナちゃんに渡すと「ふうん」とおもしろくなさそうに、ひとこと言っただけだったからちょっと心配したけど、私の手さげのキーホルダーを見たら、カナちゃんもすぐに自分の手さげにつけてくれたので、ほっとした。

そして、西田がこのカナちゃんの手さげを見たら、すごくうれしいんだろうなと思って、ちょっぴりうらやましくなった。

一月の終わりにこの冬初めての雪が降り、私は白く曇った窓ガラスを手で拭って、グラウンドにはらはらと落ちる雪を眺めた。鉄棒やジャングルジムに細く高く雪が積もっている。海は見えない。

雪はいろんな方向にひらひらと落ちてゆく。まるでひとつひとつに意志があるように。

直人先生が結婚する。

「ええっ、本当？」

「だれと？」

「学生時代からつき合ってる彼女みたいよ」

みどりちゃんが、いたって普通に言う。私が直人先生を好きなことをみどりちゃんは知らない。私しか知らない。だれにも言ってないから。

「いつなの？」

「卒業式が終わった次の日曜日。一組は全員行くの」

「えっ、ああ、そうなんだ」

「うん、初めて送り出す生徒たちだから呼びたいんだって」

「そうなんだ……」

血の気が引くっていうのを、私は今まさに体験していた。一気に鳥肌が立ったあとに、サーッと気が遠くなるような感じで寒気がした。すごいショックだ。別に直人先生と結婚しようなんて思ってたわけじゃないけど、すごいショック。結婚しちゃうなんて。

「写真見せてもらったんだけどキレイな人だったよ」

「そうなんだ……」

キレイな人。私の胸はたちまち苦しくなる。ブサイクな人もいやだけど、キレイな人もいやだ。なんだか悲しい。私は二番目の引き出しに入っているクッキー缶の中のすみれ色の封筒を思い浮かべる。直人先生の寝顔。ああ、どうしたらいいんだろう。ひどくもどかしい。苦しい。痛い。こういうのを失恋って呼ぶんだろうか。失恋。結婚。写真。悲しい。直人先生のばーか。

私は冷たくなった手をパーカのポケットに入れて、細かく小刻みに震えていた指先を隠した。

二番目の引き出しを開けて、クッキーの缶を取り出す。直人先生が結婚するなんて考えもしなかった。すみれ色の封筒を手に取って、私はしばし呆然としてしまう。心を落ちつかせてから、そっと中身を取り出して、直人先生の寝顔を盗み見る。「いいよ、たいしたことないじゃん」そう口に出して、写真をすぐに封筒に戻す。

相手はどんな人だろう。背は高いのかな、髪は長いのかな。私はまたすみれ色の封筒を開けて、写真を取り出し、横目で直人先生を盗み見る。

それからも何度となく写真の出し入れをくりかえし、八回目の盗み見で、大きく深呼吸をした。捨てちゃおうかな。マンガの中で主人公の女の子が彼氏にふられたときに、持っていた写真を破いて燃やしてしまうように。

だけど私は、この写真をどうしても捨てることができなかった。

結局、すみれ色の封筒をのり付けして、赤のサインペンで『絶対開けないこと』と大きく書いただけで、私はまたそれをクッキー缶のいちばん底にひっそりと戻したのだった。

まだまだ寒い日が続くなか、卒業式の練習が始まった。

卒業証書を受け取る練習をしたり、歌をうたったり、下級生の歌の合間に「ありがとう」と言ったりで、なかなか忙しかった。卒業証書を受け取る練習では、山下の右手と右足がいっしょに出てしまい、山下はムコーヤマに注意され、みんなに笑われた。

それと、私が何より驚いたのは片山の身長だ。卒業式の並び順で、片山はちょうど私の前に来るのだけど、前がぜんぜん見えないのだ。片山はソフトボールの試合のときよりも、もっとずっと背が伸びて、とっくに私の身長を越していたのだった。

それともうひとつ。卒業式の練習をしていて気づいたことがある。それは「上履き」だ。上履きがぜんぜん汚れていないのだ。

私は昔からいすの下に足を入れる癖《くせ》（いすのパイプに足を踏ませる）があって、洗ったばかりの月曜日でさえ、すでに上履きは汚れていた。にもかかわらず。だって今日は木曜日だ。これまでだったら、名前が見えないくらいに真っ黒な状態なのに、まだ洗いたてみたいにきれいなままだ。

汚れなくなった青色ラインの私の上履き。ぐんぐん伸びる片山の身長。

私は細く長い息をしずかに吐き出す。

二十年後の自分？　そんなのちっとも想像つかない。

卒業記念に『二十年後の自分』というのを書いて、それをタイムカプセルに入れて校庭の桜の木の下に植えることになった。二十年後の自分、三十二歳の私。どんな顔になっているのか想像してみる。今の直人先生よりもっと年上だ、直人先生の彼女よりも。

私は三十二歳の自分よりも、二十五歳の自分の顔を思い描く。そしてその顔が直人先生の彼女より、ほんの少しでいいからキレイになっていることを願う。

「さえちゃんは、なんて書く？」

リエが後ろからシャープペンでつついてきた。

「リエは？」

「私は歌手になりたいから、そう書くよ」

「歌手？」

「うん、歌手っていうか芸能人ね。なんでもいいの」

「へえー」

当然のように言うリエに感心してしまう。本当になれるかもよ、とちょっとだけ本気で思った。

三十二歳かあ。きっと結婚はしていると思う。子どももいるかもしれない。でもいったい何をしているんだろう。「頭痛」は治っているだろうか、「人間離れ」は治っているのだろうか。あっ、そうだ。肝心なことを忘れてた。おばあちゃんだ。二十年後、おばあちゃんは生きているのだろうか。

私はとりあえず『小学校の先生になっている。結婚して子どもが二人いる!』と青ペンで大きく書いて、その下に小さく(本当に本当に小さい字で)「直人先生」「おばあちゃん」とシャープペンで、何かのしるしのように書いておいた。


「あっ」

国語の授業中、慌てて口に手をやった。

「なんだ、鈴木」ムコーヤマがこっちをにらんだ。

「なんでもありません……」

国語の教科書にまたまたサインを見つけたのだ。昨日の理科の授業中、いつかのサインを見つけたばかりだったから驚いた。国語の教科書にまで書いてたんだあ、と自分ながらに感心した。

『さえへ。今は何月何日ですか？　この教科書も、もう終わりだね。卒業なんて今の私には考えられないです。ポートボールはどうだった？　戸川は優勝した？　オール木成には入ったのかな。そっちにいるさえにききたいことがたくさんあります。もうすぐ中学生でしょう。たのしみですか？　卒業式の洋服はどんなのにするの？　いろいろ教えてください。じゃあね。四月七日、鈴木さえより』

昨日の理科の教科書には「私はまだ何にもなれていません」とただそれだけ書いた。そのとおり、私は何にもなれていない。

四月七日。これを書いたのは去年の四月七日だ。六年生になりたてのさえが書いた。もうすぐ一年たつというのに、字体はほとんど変わってない。

『さえへ。地区のポートボールはみごと戸川が優勝しました。でも、そんなのすごーい昔のことです。だけど、あのときは本当にうれしかったよ！　オール木成にも入ってました。試合には出られなかったけど、木成は優勝しました。卒業式はもうじきです。洋服はこないだの日曜日にお母さんと買いに行きました。洋服はグレーのワンピースです。かなりかわいいよ。中学生になるのは、まだあまりピンときません。
三月二日、鈴木さえ』
　私はまだ何にもなれてないけど、上履きを汚さなくなった。身長が伸びた。紅白歌合戦を最後まできちんと観られるようになった。星が好きになった。
教科書のこのページには「生きる」という詩が書いてある。

　生きているということ
いま生きているということ
泣けるということ
笑えるということ
怒れるということ
自由ということ

　生きているということ
いま生きているということ

確かに、今私は生きている。泣けるし、笑えるし、怒れるし、自由だ。なんだか簡単だ。これで合ってるかもしれない。もしかしたら、このままでいいのかもしれない。

真新しい六年生の教科書に、いたずら書きをした一年前の自分。

ちょうど一年後の来月の七日、私は中学生になる。

クラスでは、サイン帳が出まわっている。木成小学校は、二つの学区にまたがっているため、桜町地区だけは木成中学校ではなく山根《やまね》中学校にいくことになる。今まで毎日会っていた友達に会えなくなるのは、どんな気分だろう。

私のシャボン玉模様のサイン帳には、もう三組全員分が入っている（山下だけはちっともよこさなかったから、さっき目の前で書かせた）。

いっしょに木成中に行く子たちのページのほとんどには「これからもよろしく」と書いてあって、山根中に行ってしまう子（三組では七人だけ）のページには「また会えたらいいね」みたいなことが書いてあった。

タメオのページには、「はちまきアリガト」とだけ書いてあって、木下さんのページにはアロエと私の似顔絵が色鉛筆でかわいく描いてあった。西田は中学生になったら、野球部に入ることに決めたらしく、サイン帳に意気ごみが書いてあった。カナちゃんのお兄ちゃんがいるサッカー部は、どうやらやめたみたいだ。

ムコーヤマにもお願いして書いてもらい、ついでに（ぜんぜんついでじゃないけど）カナちゃんと一組まで行って、直人先生にもサイン帳を渡した。直人先生は「おう」と言って、喜んで受け取ってくれた。私は少しドキドキしたけど、ほとんどの部分では悲しかった。

さっきそのサイン帳を、みどりちゃんが三組に持ってきてくれた。直人先生のページには、四年生のときの遠足のことや、戸川地区のポートボールのことが書いてあって（オール木成のことは書いてなかった）、最後に青いペンで「自分の信じた道をまっすぐ進め」と、力強く書いてあった。それを読んでいた私の目には、知らないうちに涙がたまっていて、私は慌ててセーターの袖で拭ったのだった。

卒業式の朝は、緊張のせいか六時に目が覚めてしまった。

昨日まであたたかな雨が降っていたけど、今日はやんでいる。雲間から薄日《うすび》が差している。

庭ではお父さんが、つげの木の枝に、半分に切ったみかんを針金でくくりつけていた。こうすると鳥がみかんを食べに寄ってくるのだ。お父さんのお目当ての鳥はなんだか知らないけど、ヒヨドリが来ると、

「ちくしょう、みんな食べられちまう」

と言って、景気よく追い払う。でも私がうちの庭で見たことのある鳥は、まさにヒヨドリくらいなものだ。きっとお父さんは、ウグイスに来てほしいと思うんだけど、ウグイスってみかんなんて食べるんだっけ。まあ、いいんだけど。

「あら、早いじゃない」

お母さんが台所で、おばあちゃんの朝食とお姉ちゃんのお弁当を慌ただしく作っている。

「今日、卒業式なんだよね」

「そうよお、お母さんもあとから行くからね」

私はテーブルの上に置いてあったメロンパンをかじり、牛乳をごくごくと飲ん

だ。新しい靴は玄関に出してあるし、グレーのワンピースもきちんと部屋にかけてある。

テレビの天気予報では「関東地方は、午後からすっきりと晴れるでしょう」と、メガネをかけたおじさんが礼儀正しくしゃべっていた。

私はメロンパンを食べながら窓際に立ち、空を見あげる。こっちの空はまだ雲で覆われているけど、山のほうにはきれいな水色の空が見えている。

今日、私は卒業する。

文庫あとがき

『十二歳』で講談社児童文学新人賞を受賞させていただき、単行本が刊行されてから五年以上の月日が経ちました。この年齢になってからの五年というのは本当にあっという間で、これからはますますの勢いでもっともっと「あっという間」になっていくのだなあと思うと、そらおそろしい限りです。とんでもなく一週間が長かった十二歳の自分に教えてあげたいです。

文庫化にあたって携わってくださった多くの皆様に感謝致します。そして、この本を手にとって読んでくださった方々に心からお礼を申し上げます。本当にどうもありがとうございました。

二〇〇七年冬　　椰月美智子

解説

藤田香織（書評家）

この本を手にした「大人」のみなさんはきっと、まずこう思うのではないでしょうか。

「十二歳。自分はどんなふうに過ごしていたっけ」と。

修学旅行、夏休み、卒業式。すぐに思い出せる「懐《なつ》かしい場面」のひとつやふたつは、おそらく誰にでもあるでしょう。仲の良かった友達の顔や、好きだったヒトの名前、そのとき流行っていた音楽などが連鎖的に頭の中に再生されていくのは、そう悪くない感じ、です。

けれど同時に、いくら頭を捻《ひね》っても、どうしても思い出せないことがあることにも気付いてしまうはず。例えば、私はもう、自分が六年何組だったのかも覚えていないし、担任だった先生の名前も忘れてしまいました。好きだった男の子のフルネームは言えるけど、四十人以上いたはずのクラスメイトの中で、名前を覚えているのはたった三人。実家の押入れの中で埃《ほこり》をかぶっているはずの卒業アルバムを開けばすぐに判明することですが、そうまでして記憶をたどってみても記号化された写真から「あのころ」の気持ちを思い出す自信はありません。

二〇〇二年、第四十二回講談社児童文学新人賞を受賞した椰月美智子さんのデビュー作となる本書は、そんな確かに過ごしてきたはずなのに、記憶の中からこぼれ落ちてしまった「あのころ」を、鮮やかに蘇《よみがえ》らせてくれる物語です。

主人公は、神奈川県小田原市にある木成小学校六年三組の鈴木さえ。祖母と両親と姉の五人家族で、好きな授業は体育と家庭科と図工。大人になったら小学校の先生になろう、と思ってはいるものの、二十年後の自分なんて想像も出来ないし、それ以前に今の自分に密《ひそか》に不安を抱いている女の子です。

さえの不安。それは自分が「鈴木さえ」であることが、時々一致しなくなってしまうこと。物語の後半、社会の授業で古墳の見学に行き、なだらかな丘を猛スピードでかけおりていたとき、ふいにさえは自分と「鈴木さえ」がちょっとずれてしまったような、記憶喪失にも似た違和感を抱きます。〈ここにいる自分が、ふわふわ得体の知れないもののようでひどく頼りなく、心細い。突然、どこか別の星から地球に落とされてしまった宇宙人のような気分だ。私は途方に暮れる。どうしよう、どうしよう……〉。自分が自分じゃないように感じるこの状態を、さえは「人間離れ」と呼び、周囲の人に相談するものの、なかなか本気で取り合ってはもらえない。この悩みが本書の大きな核のひとつになっているのです。

と、この部分だけを書き出してみてもちょっとピンとこないな、と思われるかもしれませんが、ゆっくり噛《か》みしめるように物語を読み進めてゆくと、さえがなぜそんな不安を感じるようになったのかが、読者にもじわりじわりと伝わってくるはず。

改めて言うまでもなく十二歳＝小学六年生という年齢は、まだ「子供」です。現在の日本では「成人」＝二十歳。中学生になったところで、義務教育はあと三年も残っているし、車やバイクの免許を取ることも不可能。もちろん結婚も出来ません。でも、中学生からバスや電車や飛行機の運賃は「大人」料金だし、食べ放題のお店でも大人と同じ料金を取るところが多い。映画や遊園地の料金も「大人」じゃないけど「子供」でもありません。中学生になったら、大人に一歩近付く。もう純粋な「子供」ではなくなってしまう。〈何にでも手を出してひととおり器用にやってみせるけど、飽きっぽくてみんな途中で投げ出してしまう〉さえは、「何でも人並み以上にできるけど、何も極められない、何者でもない自分」に漠然とした焦りを感じているのではないでしょうか。もう、無邪気な「子供」ではいられないのに、まだ「何か」にはなれない自分に。

本書は、そうした「子供」から「大人」への準備段階となる「最初の一年間」を、描いているのですが、つくづく上手いな、と感心せずにはいられないのが、特に大きな事件や衝撃的な出来事が起きて、強引にさえの気持ちを変化させるのではない点。

にもかかわらず印象的な場面はいくつもあって、例えばクラスメイトの木下さんの絵を見たさえが〈私の木下さんとの間にある、あまりにも大きな差はどこで生じたんだろう〉と思う箇所や、仲良しのみどりちゃんにピアノの発表会を前にした特別レッスンを「うらやましい」と言われたときの恐怖感、ポートボールの練習に遅れてきた有希ちゃんが教師に怒られたことでさえが涙を流すシーンなどには胸がぎゅっと締め付けられ、「あぁ……。」とため息を吐かずにはいられませんでした。

〈いったいいつから、シーソーやタイヤのとび箱で遊ばなくなってしまったんだろう。いつのころから、あんなに夢中で遊んだものたちが私の目に映らなくなってしまったんだろう〉、〈まったく、なんなんだろう。前はもっといろんなことが簡単だった。好きなことときらいなことがはっきりと分かれていて、何事も選びやすかった〉。

ああ、そうだよね。そうだったよね。さえの一年間を追ううちに、胸に蘇る「気持ち」は、懐かしくて、ちょっと痛々しくて、だけどとてもあたたかい。

この「押しつけがましくないのに気がつけばとても愛しい気持ちになっている」という読後感は、椰月美智子さん特有の持ち味で、先日第四十五回野間児童文芸賞を受賞した『しずかな日々』(講談社刊)では、さえより一つ年下のみつきを主人公に、本書とはまた一味違った「男の子の大人への階段」が、描かれています。

が、その一方で、二〇〇五年に刊行された短編集『未来の息子』は、「これがあの椰月美智子なの？」と思わずにはいられない不穏《ふおん》な作品もあり、そうした意味において彼女の作家としての可能性はまだまだ計り知れない。それはとても楽しみな事実です。

本書の単行本の「あとがき」で、椰月さんは、〈年を(多少)重ねてから初めて、あのとき見過ごしてしまった感情や気持ちなんかを、言葉に表せるんだと思います〉と綴《つづ》っていますが、それが出来るのはやはり、彼女に作家としての資質があるからこそ。私を含めて大抵の「大人」は、これほど明確に「子供」時代の「感情や気持ち」を記憶に留《とど》めてはいられません。

でも、だからこそ、本書に深い共感を抱き、愛しさが募《つの》るのです。さえが、戸惑い、悩み続けていた自分から〈このままでいいのかもしれない〉と「卒業」できたように、小さなことで迷い、苦しみながらそれでも私たちは今日を生きています。その「今日」が「あのころ」から続いて来たことを、そして「明日」へ「未来」へと続いて行くことを、理屈ではなく自然に体感させてくれる――。

椰月美智子という作家に出会えたことを、今、私はとても感謝しています。

本書は、二〇〇二年四月、小社より刊行されました。

※参考図書『幸せの花言葉と心をいやす花療法』
（片桐義子・著　永岡書店）
※本文中の詩は、文部省検定済教科書 小学校国語科用
『国語　六下　希望』（光村図書出版）より、「生きる」
（谷川俊太郎・作）を引用させていただきました。

|著者|椰月美智子　1970年神奈川県生まれ。2002年、本書で第42回講談社児童文学新人賞を受賞しデビュー。'07年に『しずかな日々』で第45回野間児童文芸賞、'08年第23回坪田譲治文学賞を受賞。他の著書に『未来の手紙』『ダリアの笑顔』(ともに光文社文庫)、『明日の食卓』『消えてなくなっても』(ともにKADOKAWA)、『14歳の水平線』(双葉社)、『伶也と』(文藝春秋)、『チョコちゃん』(そうえん社)、『その青の、その先の、』『体育座りで、空を見上げて』『どんまいっ!』(以上幻冬舎文庫)、『メイクアップ デイズ』『恋愛小説』『坂道の向こう』『市立第二中学校2年C組 10月19日月曜日』(以上講談社文庫)、『かっこうの親 もずの子ども』(実業之日本社文庫)、『るり姉』(双葉文庫) など多数。

十二歳《じゅうにさい》

椰月美智子《やづきみちこ》

2007年12月14日第1刷発行
2017年3月28日第12刷発行

発行者――鈴木　哲
発行所――株式会社　講談社
東京都文京区音羽2-12-21　〒112-8001
電話　出版　(03)　5395-3510
　　　販売　(03)　5395-5817
　　　業務　(03)　5395-3615

Printed in Japan

講談社文庫

定価はカバーに
表示してあります

デザイン―菊地信義
本文データ制作―講談社デジタル製作
印刷―――豊国印刷株式会社
製本―――株式会社国宝社

ISBN978-4-06-275928-1

講談社文庫刊行の辞

二十一世紀の到来を目睫に望みながら、われわれはいま、人類史上かつて例を見ない巨大な転換期をむかえようとしている。

世界も、日本も、激動の予兆に対する期待とおののきを内に蔵して、未知の時代に歩み入ろうとしている。このときにあたり、創業の人野間清治の「ナショナル・エデュケイター」への志を現代に甦らせようと意図して、われわれはここに古今の文芸作品はいうまでもなく、ひろく人文・社会・自然の諸科学から東西の名著を網羅する、新しい綜合文庫の発刊を決意した。

激動の転換期はまた断絶の時代である。われわれは戦後二十五年間の出版文化のありかたへの深い反省をこめて、この断絶の時代にあえて人間的な持続を求めようとする。いたずらに浮薄な商業主義のあだ花を追い求めることなく、長期にわたって良書に生命をあたえようとつとめるところにしか、今後の出版文化の真の繁栄はあり得ないと信じるからである。

同時にわれわれはこの綜合文庫の刊行を通じて、人文・社会・自然の諸科学が、結局人間の学にほかならないことを立証しようと願っている。かつて知識とは、「汝自身を知る」ことにつきていた。現代社会の瑣末な情報の氾濫のなかから、力強い知識の源泉を掘り起し、技術文明のただなかに、生きた人間の姿を復活させること。それこそわれわれの切なる希求である。

われわれは権威に盲従せず、俗流に媚びることなく、渾然一体となって日本の「草の根」をかたちづくる若く新しい世代の人々に、心をこめてこの新しい綜合文庫をおくり届けたい。それは知識の泉であるとともに感受性のふるさとであり、もっとも有機的に組織され、社会に開かれた万人のための大学をめざしている。大方の支援と協力を衷心より切望してやまない。

一九七一年七月

野間省一